CLÁSSICOS
DE MIM MESMO

CB065302

Prefácio de
LUIS FERNANDO VERISSIMO

CLÁSSICOS DE MIM MESMO

As melhores e mais
engraçadas crônicas de
CARLOS CASTELO

MATRIX

Todas as crônicas desta obra foram veiculadas a partir de 2001, em diversas publicações.
Entre elas, os jornais O Estado de S. Paulo, Jornal da Tarde, O Pasquim 21; as revistas Playboy, Bundas,
Caros Amigos, Sexy, Propaganda e os sites dos portais Estadão, UOL, The São Paulo Times e Rubem.

© 2015 – Carlos Castelo
Direitos em língua portuguesa para o Brasil:
Matrix Editora
atendimento@matrixeditora.com.br
www.matrixeditora.com.br

Diretor editorial
Paulo Tadeu

Capa
Monique Schenkels

Foto da capa
Shutterstock

Diagramação
Alexandre Santiago

Revisão
Adriana Wrege
Silvia Parollo

Dados Internacionais de Catalogação na Publicação (CIP)
SINDICATO NACIONAL DOS EDITORES DE LIVROS, RJ.

Castelo, Carlos
Clássicos de mim mesmo / Carlos Castelo. - 1. ed. - São Paulo:
Urbana, 2015. 232 p.; 21 cm.

ISBN 978-85-8230-168-5

1. Crônica brasileira. I. Título.

15-19195   CDD: 869.98
                                                       CDU: 821.134.3(81)-8

"Bem bolado" é uma expressão engraçada. Quer dizer bem pensado, criativo.

Mas também – talvez pela presença da "bola" – tem outras conotações.

Sugere alguma coisa redonda, bem torneada, com uma perfeita simetria esférica, seja lá o que for isso.

Foram muitas as vezes, lendo esses textos do Carlos, em que eu pensei "Que bem bolado!".

Os textos não apenas fazem rir, embora façam muito isso, mas também impressionam pela engenhosidade e a rara originalidade. Eis um grande bolador – em todos os sentidos.

LUIS FERNANDO VERISSIMO

Por um riso sadio

Ficou assim o anteprojeto do Conselho Federal de Humorismo para a atuação de comediantes, palhaços, engraçadinhos, redatores de programas humorísticos, cronistas e similares na sociedade:

Artigo 1º: A partir desta data, ficam vedadas, em todo o território nacional, piadas de baixo calão e de gosto duvidável em apresentações ao vivo, textos para jornais e revistas, programas de TV, rádio e em produções cinematográficas nacionais em vídeo e/ou película.

As disposições em contrário são totalmente risíveis.

Artigo 2º: As piadas de "português" publicadas em mídia impressa devem trazer uma tarja nas medidas 15 x 30 centímetros, com o seguinte texto (em fonte Helvetica Neue Bold Condensed, corpo 18): "A expressão 'português' é meramente ilustrativa, não trazendo em si ressentimento, crítica ou sentimento de menoscabo a qualquer povo ou nação".

Se a piada for contada diretamente a mais de três pessoas, o comediante em questão deve dizer a frase citada anteriormente, no prazo máximo de 10 segundos após o término das gargalhadas da plateia.

Adendo ao Artigo 2º: Ao proferir a frase pós-piada, o comediante precisa dizê-la da maneira mais neutra possível. Não deve ironizá-la, ridicularizá-la ou introduzir cacos ou palavras ambíguas no contexto.

A não observância desse Adendo incorrerá em multa de até 100 salários mínimos ou na condenação do humorista a trabalhos sociais em ambientes antagônicos à sua personalidade, a saber, o Setor de Contabilidade do Instituto

Brasileiro do Café ou o Arquivo de Fac-símiles do Anexo II do Congresso Nacional.

Artigo 3º: Dependendo do teor de infâmia, os "trocadalhos do carilho" poderão ser considerados danosos aos interesses nacionais. Cada caso será avaliado por uma Junta do Conselho Federal de Humorismo e as sanções serão impostas após deliberação conjunta.

Artigo 4º: Anedotas que se refiram a homossexuais, afroamericanos, pobres, argentinos, gaúchos, cornos, gagos, fanhos, papagaios, corcundas, freiras e freiras corcundas passam a ser consideradas anticonstitucionais. O Conselho retirará definitivamente a "Carteira Funcional de Bobo" do profissional que repercuti-las.

Artigo 5º: Referências explícitas a um hipotético órgão sexual desproporcional em anões numa determinada narrativa jocosa terá status de crime inafiançável – sem direito a *habeas corpus*.

Artigo único: Piadas que aludam a esse Projeto não serão toleradas e posteriormente punidas com rigor conforme o Estatuto do Conselho. O humorista-réu poderá ser deportado para o Piauí e, dependendo da gravidade, até mesmo para Portugal.

Gente tossindo, gente espirrando

Foram 25 longos anos de poluição nos níveis máximos. Nuvens plúmbeas faziam negras revoadas pelo planeta semimorto. As ruas pareciam o palco de um show de *heavy metal* – só fumaça. Os rios tinham mais espuma que um copo de Malzbier quente. A impressão que se tinha, ao andar numa calçada, era a de estar numa sauna finlandesa em que, por distração, fora colocado excremento no vaporizador em lugar de essência de eucalipto.

No princípio, as pessoas não se adaptaram ao efeito estufa. Para ser mais estatístico, 95% da população mundial morreu. E os 5% que restou teve de resolver alguns problemas, além de pagar o condomínio e achar uma vaga na Zona Azul. O primeiro deles, depois de sobreviver, foi evitar respirar. E creia, isso não foi fácil. Porém, a própria seleção natural – e também os escafandros, adquiridos pelo pessoal da Classe A Gargalhada – incumbiu-se de eliminar os 4,9% dos incompetentes que não conseguiam deixar de arfar. O 0,1% da população mundial que não sucumbiu se reuniu para formar um novo país. Depois de muita reflexão, decidiu-se que utilizariam, como forma de comunicação, a única coisa que havia em comum entre eles: a tosse.

Uma tossidinha passou a significar "sim", duas tossidinhas "não". Foi o que primeiro se convencionou. Depois vieram três tossidinhas para "sexo" e quatro tossidinhas para "não, hoje estou com dor de cabeça". Cinco e seis tossidinhas passaram a querer dizer, respectivamente, "por qual time você torce?" e "isto é um assalto!".

Com o passar do tempo, o organismo dos sobreviventes tornou-se dependente de poluição, e isso levou a uma sofisticação da nova língua baseada no defluxo. O conjunto de 38 tossidas semifusas somado a uma sutil fungada podia ter diversos significados. Frases mais complexas – do tipo "você está irritantemente behaviorista hoje, querido" – ou mesmo livros de Jacques Lacan podiam ser vertidos para o idioma da tosse. Porém, como sempre, havia aquele grupo espírito de porco que acreditava que os espirros representavam melhor a "fala" humana àquela época.

"A tosse é um engodo, é uma imposição autocrática. O espirro, este sim, representa nosso momento sociocultural-
-poluente".

Logo depois fundariam um partido de oposição.

Era inegável que, apesar de ainda rudimentar como forma de comunicação, a tosse fazia o grupamento progredir. Imagine que a primeira coisa que fizeram foi eleger uma Assembleia Nacional Constituinte! Pena que a segunda coisa que fizeram foi um golpe militar.

Dizem que a intervenção aconteceu porque a Carta Magna continha uma lei que criava um país independente para os que adotassem o espirro como idioma.

O novo regime, todavia, não conseguiu evitar que a facção espirro ocupasse uma área resoluta ao lado do País da Tosse – fundando ali a República Provisória do Espirro – e passasse a promover diversos atos terroristas contra seus primos-irmãos.

O País da Tosse, apesar de viver sob estado de sítio, procurava desenvolver-se. No campo científico, chegaram a inventar motores mais poluentes que os do jipe Mahindra movido a diesel. Eles garantiam à população os índices de bronquite asmática vitais à sobrevivência. No campo cultural, produziram um clássico da poesia épica, "Os Tossíadas", que, em dez cantos, narrava a saga da construção do País da Tosse. No esporte, em modalidades de aviação esportiva como as esquadrilhas da fumaça, eram imbatíveis.

O pouco que se sabia da República Provisória do Espirro era que a junta de governo investia maciçamente em agricultura. Toda a população participava no processo de plantação, colheita e beneficiamento do principal produto agrícola do país: o rapé. Se havia uma tecnologia avançada, como no País da Tosse, era um mistério. Aliás, o mistério era a especialidade da República Provisória do Espirro. Tudo lá era muito enrustido.

Anos depois, entretanto, os tossistas puderam perceber que o país vizinho não estava tão atrasado assim.

Era madrugada. Ninguém notou que um avião espirrista penetrara o espaço aéreo do País da Tosse. Essa distração foi fatal para os adeptos do defluxo. Na calada da noite, o avião largou bem em cima de seu evoluído país uma bomba letal, com conteúdo ainda mais mortífero: xarope de agrião.

Nesse dia, eles viram o que era bom pra tosse.

50 coisas para se fazer numa fila de banco

1. Teste o extintor de incêndio da agência.
2. Leve um aparelho de som 3 em 1 e coloque música gospel nas caixas.
3. Barbeie-se/depile-se.
4. Imite o ruído de fogos de artifício quando o caixa atender alguém.
5. Conte uma piada sem graça e ria sozinho.
6. Insinue que a grávida que está na fila do caixa preferencial usa barriga postiça.
7. Compre um pacote de pururucas e mastigue.
8. Venda rifa.
9. Leia em voz alta os folhetos de propaganda do banco.
10. Use um dos balcões para fazer abdominais, repetindo: "um, dois!".
11. Toda vez que o painel de senha mostrar um número, repita-o em voz alta.
12. Peça dinheiro emprestado ao vizinho.
13. Mantenha-se de costas para a pessoa à sua frente.
14. Peça para guardarem seu lugar e, ao voltar, passe na frente de quem guardou.
15. Toque o *jingle* do banco com a boca, imitando um trombone.
16. Sempre que o caixa validar um documento, imite o ruído de uma máquina registradora.
17. Leve um apito e toque-o sempre que a fila andar.
18. Informe as horas, minuto a minuto, e em seguida o *slogan* do banco.

19. Quando alguém não conseguir fazer uma operação no caixa eletrônico, murmure: "OSTRA".
20. Duble, em voz alta, o caixa dizendo a um cliente que o saldo dele está negativo.
21. Quando a fila andar, finja que está cochilando.
22. Diga "dim-dom!" sempre que uma pessoa entrar na fila.
23. Encoste o dedão à esquerda das costas da pessoa à sua frente. Quando ela se voltar, vire bruscamente a cabeça para a direita.
24. Brinque de puxa-cueca com o colega da frente.
25. Cante uma música da Jovem Guarda e diga: "TODO MUNDO COMIGO, SHA-LÁ-LÁ-LÁ!"
26. Passe um abaixo-assinado contra a política de juros altos.
27. Minta que há um caixa disponível, e sem fila, no andar de cima.
28. Espalhe que a senhora gorda, lá do fundo, tem uma arma na bolsa.
29. Pergunte se alguém quer ser sua testemunha num processo contra o banco.
30. Coma uma fatia de melancia e saia da fila toda hora para cuspir as sementes.
31. Pergunte ao segurança se ele deixa você dar uma olhadinha no revólver dele.
32. Pergunte ao caixa por que eles cospem no dinheiro quando vão contá-lo.
33. Conte histórias de assalto a banco.
34. Pergunte a um atendente onde fica a caixa-forte.
35. Acenda um cigarro de palha.
36. Promova uma "ola".
37. Monte um aviãozinho de papel e jogue na mesa do gerente.
38. Se um carro-forte chegar, cantarole o tema de *Os Intocáveis*.
39. Ensine um colega de fila a fazer massagem cardíaca.

40. Pergunte se alguém quer ser seu fiador.
41. Escreva numa folha de papel: "IDIOTA NÚMERO 107" e fique segurando.
42. A cada cliente atendido, puxe uma salva de palmas para o caixa.
43. Ria descontroladamente das pessoas que ficam presas na porta giratória.
44. Lembre aos outros o que poderiam estar fazendo se não estivessem ali.
45. Diga: "Por que bancos gastam tanto com propaganda e nada com caixas?".
46. Leve uma marmita e almoce.
47. Quando um dos caixas sair para almoçar, berre: "PEGA!".
48. Coma uma goiaba.
49. Ofereça-se para segurar a pilha de documentos de um *boy* e derrube-a no chão.
50. Quando chegar sua vez de ser atendido, puxe um longo discurso do bolso e leia.

O iluminado

Era impossível competir com Romualdo, fosse qual fosse o tema.
– Meu filho nasceu – alguém disse uma vez.
– Onde? – perguntou Romualdo.
– No Albert Einstein – respondeu o outro.
– O meu nasceu no Mount Sinai, de Nova York. Sempre quis o melhor pro meu garoto.
Tudo o que o Romualdo fazia ou tinha era mais interessante, espetacular ou inusitado.
Carro:
– Comprei uma Ferrari.
Romualdo entrava com tudo:
– Carro pra mim é Lamborghini Diablo. Quer dar uma voltinha na minha?
Mulher:
– Tô saindo com a Angelina Jolie!
– Quando vocês dois não estão juntos, ela fica comigo – cortava Romualdo, com a superioridade de sempre.
Romualdo também peitava qualquer um no mundo das artes e da cultura. Não havia tema sobre o qual ele não tivesse algo mais contundente a revelar.
Dizem que certa vez enfrentou os três maiores sabichões do país: Décio, Haroldo e Augusto – juntos. Discutiram desde passagens da Bíblia até a prosa de Sousândrade, passando pela vida de Safo. E Romualdo narrou passagens que até o trio sabe-tudo desconhecia.
No meio de acalorada discussão estético-intelectual, Romualdo ainda soltou esta:

– E olha: James Joyce era bicha. Tenho uma carta dele pra um marinheiro irlandês guardadinha no meu cofre.

Romualdo também era íntimo do "grand monde" internacional: Bono Vox, Obama, príncipe William, Leonardo DiCaprio. Se alguém pagava de amigo de celebridade, lá vinha ele:

– É, mas você não passa a mão na bunda do Steven Spielberg...

Um dia Romualdo morreu.

Rapaz, que morte!

Foi atravessar a Avenida Foch, a mais elegante de Paris, e grudou os sapatos italianos num chiclete suíço. Veio uma carreta inglesa carregando um míssil norte-americano e o atropelou.

Depois de perder o controle, o gigantesco caminhão explodiu metade da rede elétrica da cidade.

Nunca se viu uma morte daquelas. A Cidade Luz ficou 48 horas completamente às escuras. A data virou até feriado nacional: o "Le Romualdô", dias depois da "Fête du Travail".

O enterro, então, foi imbatível. A celebração ficou a cargo de um papa, um pai de santo, um pastor evangélico, um rabino e o Dalai Lama no cemitério Père Lachaise – o mais, mais do mundo.

Madonna cantou a música favorita de Romualdo enquanto o caixão, com design Pininfarina, descia seguro por cordas folheadas a ouro. A cova ficava ao lado da de Jim Morrison, mas a de Romualdo tinha vista para a Rive Gauche.

Durante o velório alguém falou:

– Deus que se cuide. Já, já o Romualdo passa Ele pra trás.

Crônica da crônica

Sou uma crônica.

Desde que alguém me inventou – e isso já tem um tempinho – andei por um monte de lugares menos nobres que este aqui.

Nasci num caderno de anotações. Não, não era um Moleskine com capa de couro e procedência garantida por certificado. Era um bloquinho tosco e ensebado. O meu Autor era um pouco mais jovem, e, cá entre nós, meio cabeça de vento. Apesar de não ser dos mais envernizados eruditamente falando, achava-se o Rubem Braga da zona oeste.

Toda vez que vinha até as páginas do bloco escrevia trechos de mim, mas acabava não me concluindo. Foram meses e meses assim. Eu não sabia o que era pior: quando ele chegava do nada, escolhia uma folha a esmo e tentava desenvolver alguma ideia nela ou quando ia embora e me largava semanas dentro da sua mochila úmida e escura.

Não preciso dizer que a presença ou a ausência dele me provocavam igualmente uma gastura tremenda. Houve instantes em que me desesperei e lancei aos céus uma lamentação chorosa: por que, meu Deus, não sou uma crônica no bloquinho do Luis Fernando Verissimo, mas desse cronistazinho de merda?

Só que, quando menos eu esperava, lá vinha Ele com sua lapiseira de aluno de cursinho pra cima do papel. E sempre com aquelas premissas que não batiam com a conclusão. Com uns pontos de vista banais e principalmente com uma originalidade discutível.

Bem, não queria admitir isso assim em público. Mas tenho quase certeza de que o meu Criador não era tão inventivo assim, se é que me entende.

Sei lá, não quero ser leviana, mas havia trechos redigidos naquelas linhas que me lembravam muito os de escritores bem superiores a Ele.

Eu sei que há o senso comum de que misturar e editar várias ideias acaba gerando um texto síntese, totalmente diferente dos que foram chupados. Mas, poxa, Ele abusava do recurso.

Por isso, durante muito tempo me enxerguei como uma crônica bastarda. Olhava pra mim e não me via original, mas um Frankenstein construído em cima do repertório de artistas mais capacitados que o meu Idealizador.

A questão é que ninguém controla nada. Não seria diferente comigo e com Ele. Um dia meu Autor deixou a mochila de bobeira em cima da mesa do botequim e um outro Autor apanhou-a. O bloquinho de notas, comigo dentro, passou a ser de um novo dono. Esse simplesmente deu um tapa nos garranchos que estavam ali, tirou palavras em excesso e usou apenas pontos e vírgulas para me cadenciar – meu velho proprietário adorava parênteses, que imediatamente foram limados de mim.

E olha eu aqui, bela, fresca, postada, publicada, compartilhada e comentada!

Meu antigo Escritor plagiava Deus e o mundo. Esse agora plagia meu ex-Escritor. E assim caminha a arte desde que Shakespeare copiou Chaucer.

P.S.: perdoe-me se fui curta e grossa, mas meus dois escribas são da escola realista, e a vida, convenhamos, não é propriamente um livro da Barbara Cartland.

Classe média

Os sapatos jogados ao lado do sofá, os pés descalços em cima da mesinha de centro, a latinha de cerveja na mão, o saco de salgadinhos aberto, as gérberas murchas no vaso, o abajur ligado, o ventilador no máximo, o remédio da pressão na gaveta do criado-mudo, o carro novo estacionado na garagem, a mulher comendo um pedaço de pizza na cozinha, o filho no computador, o envelope com o extrato do cartão de crédito em cima da estante, o comercial da máquina de lavar louças, o controle remoto na perna, o cachorro ladrando no quintal, o aviso de recado na caixa postal soando no celular, a mancha de café no braço da cadeira, a mosca-varejeira, a vinheta com os créditos no final da novela, o comercial do Banco24Horas, o apito do guarda-noturno na rua de cima, o gato dormindo no tapete *kilim* comprado na feirinha dos coreanos, as bitucas enfileiradas no cinzeiro, os restos de frango assado em cima do fogão, o boleto da faculdade da filha no envelope, a camisa do cunhado jogada na poltroninha, o comercial do *jeans*, a Nossa Senhora de Montserrat no oratório, a afilhada em Porto Seguro no porta-retrato, Iemanjá, o Buda, o São Jorge, o Divino Espírito Santo, o quadro do palhaço chorando na parede da direita, o pôster da dupla sertaneja na parede da esquerda, os duendes de Friburgo na prateleira de DVDs, o diploma de 2º grau encostado no cobogó do corredor, o prefixo sonoro do jornal da noite, o remédio para o colesterol na farmacinha, o *merchandising* do crédito consignado, as manchetes da noite, o carnê do plano de saúde no ímã da geladeira, a chancela publicitária da empresa de automóveis, o editorial na voz do âncora, o comercial do creme dental antitártaro, o comercial do supermercado, o comercial da agência de viagens, a cadeira de balanço que foi da avó, o terço benzido pelo bispo, o destaque do dia em Brasília, a notícia dos senadores votando, a vitória governista, a distribuição dos cargos, o bocejo, o cochilo, o sono, o fim.

Sinopse

Alencar conheceu Idelzuite ao comprar pipoca para assistir *Scarface*.

Meio ano depois estavam casados.

Oito primaveras depois, Alencar começou a ter olhos para Dora. Dora era casada com Constantino, urologista que já fora amigado com Abigail, decoradora de interiores que o traiu com Josias, seu mestre de obras.

O fato foi amplamente comentado entre as socialites de plantão.

Josias terminou ficando famoso, foi para um resort exclusivo na Bahia e lá se apaixonou pela baiana-do-acarajé Joana das Dores. Tiveram um caso quente e apimentado, que só terminou quando Das Dores resolveu trocá-lo por António – homem sistemático, de origem lusitana, sócio de um bingo. António era viúvo, mas mantinha um relacionamento intenso com a cunhada, Maria José. Ao saber que António andava enrabichado com Das Dores, Maria José passou a se encontrar com o zelador do prédio.

Zélio tinha dúvidas sobre sua sexualidade, fruto de muitos anos reprimido como seminarista, mas ao conhecer Maria José se definiu. Quem sofreu com isso foi Manezinho, uma pessoa amiga havia três anos. O calvário foi tamanho que ele resolveu também rever sua condição e entrou para o seminário.

Lá conheceu padre Menezes. O vigário tinha uma expressão sofrida, fruto de uma vida franciscana e de um problema crônico de hemorroidas. Depois de ouvir a história lacrimosa de Manezinho, foi de encontro à sua lenda pessoal: abandonou as lides pedófilas, digo, católicas, e entregou-se aos braços de Rosicleide, uma pecadora que se confessava com ele diariamente via chat, levando-o às raias da loucura e da sofreguidão.

Menezes abandonou o hábito, mas arrumou outro: sustentar os gostos de Rosicleide, que só sabia se banhar com muitos cremes e perfumes caros.

Chegou a roubar sais aromáticos de uma loja da franquia O Boticário, em Osasco, para manter o romance. Mas Rosicleide preferiu se associar ao dono da farmácia do bairro.

Rodrigues, farmacêutico prático, era o que se poderia chamar de devasso de quarteirão. Conquistou Rosicleide mandando-lhe amostras grátis de Leite de Rosas. Mas a vida dele duraria pouco. Míope, diabético e contumaz usuário de cocaína, uma noite em casa cheirou, por engano, quatro carreiras de açúcar União.

Rosicleide vestiu luto por seis meses. Mas logo conheceu Coelho, festejado publicitário, responsável pela criação da incrível campanha do perfume "Água de Melissa". Foi amor à primeira vista. Porém, totalmente marqueteiro. Coelho a tratava como produto. Anunciava seus melhores sentimentos por *outdoors* na cidade, os cartões que vinham junto às *corbeilles* de flores continham poesias derramadas. Claro que tudo devidamente pulverizado por colônias e fragrâncias finas.

O problema era que a "parte física" andava esquecida. Por isso, Rosicleide foi obrigada a substituí-lo rapidamente por Militão, um simpático encanador do bairro. Que, aliás, meses depois, foi cuidar de um vazamento no novo apartamento de Idelzuite – sim, a "ex" do Alencar, lembra-se? –, se apaixonou perdidamente e a pediu em casamento. A cerimônia aconteceria em breve, os cartões já estavam na gráfica. Foi quando Manezinho perdeu a razão, fugiu do seminário, entrou na igreja mais próxima (durante o ensaio do matrimônio de Militão e Idelzuite) e metralhou tudo e todos.

Moral: às vezes, a vida imita *Scarface*.

Desejos tardios

Foi assim o acontecido.

Aniversário de 75 anos de vó Zizi. Na mesma data, comemoração das bodas de ouro com vô Nofrinho. Sobrado cheio de filhos, netos, bisnetos – bacalhoada. Chegou o momento de cortar o bolo. Todos falavam ao mesmo tempo:

– Corta o bolo de baixo pra cima, vó!

– Não fala o "desejo" senão ele não acontece, hein?

Foi aí que vô Nofrinho surpreendeu a todos:

– Este ano vamos contar a todos o nosso "desejo", meus filhos...

Protestos, assobios, gritos. Mas vô Nofrinho não se abalou:

– Sua avó e eu queremos experimentar um baseado.

Um silêncio sepulcral envolveu o ambiente. Vó Zizi continuou:

– Tudo que a gente vê fala dessa erva. É filme, é música, é artista fumando. Agora, com essa idade redonda, nós queremos provar. O que é que tem?

A turma do deixa-disso tentou dissuadir o casal – maconha era péssimo para a saúde, levava a outras drogas, podia cegar –, mas não houve acordo.

– Não morro sem conhecer esse tal de "beque" – sentenciou vô Nofrinho e saiu da sala.

Lilita, a filha mais velha, virou-se para o marido e perguntou, atônita:

– E agora, Conrado?

— É fazer o desejo dos velhos...
— É, mas quem vai arrumar o fininho?
— Dentro daquela tua caixinha de maquiagem não tem um?
— Tem, Conrado, mas é pra quando eu tô com cólica.
— E você tem cólica menstrual todo dia, Lilita?
— Cada um com seus problemas. E você? Não arruma um lá dos seus?
— Meus?
— Os que estão naquela lata, no teu cofre, que eu sei.
— Aquilo é *crack*, mulher. Se a dona Zizi fumar aquela bomba ela vai ver Santa Rita de Cássia dançando bolero!

Nesse momento, o caçula Joquinha gritou do quarto:
— O biso caiu!

A emoção pela festa levara vô Nofrinho a uma brusca queda de pressão. Formou-se um rebuliço. Lilita chamou logo o vizinho, doutor Levy, cardiologista recém-formado. O médico entrou no quarto e fez um longo exame no vovô. A família ficou impaciente.

— Todo esse tempo! Será que aconteceu alguma coisa grave?

Conrado resolveu bater na porta. Doutor Levy saiu e acalmou a todos:

— Dei uma ponta das minhas pro seu Onofre e outra pra dona Zilá. Os dois agora estão na paz.

E, antes de voltar para o quarto enfumaçado, disse:

— Alguém podia trazer um prato de doce que os dois estão numa larica forte?

Clássicos das histórias infantis para crianças de hoje: Noronha e o pé de maconha

Noronha era um garotinho de 37 anos que morava na Vila Madalena em companhia de sua mãe, porque estava desempregado havia mais de dois anos e não podia pagar o aluguel nem suas contas.

Um belo dia, Noronha resolveu vender o televisor da mamãe para pagar uma dívida com o traficante da esquina.

Como o traficante não tinha troco, deu a Noronha no lugar um saquinho com 100 gramas de semente de *Cannabis sativa*. Quando a mãe de Noronha viu aquele saquinho de sementes em cima do móvel onde costumava ficar a televisão, gritou ensandecida:

– Trocou minha televisão por um punhado de gergelim, filho desnaturado! Isso não fica assim!

E pegou o saquinho, jogando-o no quintal da casa.

No dia seguinte, quando Noronha despertou na maior larica, levou um susto de cair no chão. Havia, no quintal de sua casa, um pé de maconha de aproximadamente trezentos e noventa e cinco metros e quarenta e sete centímetros de altura.

Todo o pessoal da Vila veio ver, estarrecido, a maravilha que era aquela árvore do outro mundo. Ônibus e mais ônibus de excursão vinham de Visconde de Mauá, Baixo Leblon, Lumiar. E, no Bixiga, um postal da árvore de *Cannabis* chegava a ser vendido por 80 reais!

Como todos queriam levar algumas folhas de recordação, Noronha – assessorado pela mãe – começou a cobrar ingresso ao quintal de casa e, assim, logo ficaram muito ricos.

Quando o governo percebeu a mina de ouro, resolveu cobrar impostos da família de Noronha. Como Noronha pagava os tributos com a maior facilidade do mundo, os políticos resolveram que o melhor era encampar a árvore e a casa, indenizando Noronha e a mãe em dólares norte-americanos.

Com o dinheiro arrecadado com o pé de maconha gigante, o governo pôde finalmente fechar as contas públicas.

E foram todos felizes para sempre.

Emprego – não saia de casa sem ele

Perder o emprego hoje em dia é o equivalente ao Holocausto. Você está sentado na escrivaninha do escritório fazendo calmamente um relatório. Faltam dez minutos pra pegar o tíquete-refeição e ir comer uma lasanha no "quilo" da esquina. Então, do nada, começa o pesadelo.

O chefe vem com aquela cara de "vem-até-a-minha--sala-que-você-acaba-de-entrar-pelo-cano" e pronto. Você vai se afastando da mesa em câmera lenta, olhar assustado, os colegas abaixando a cabeça à sua passagem. A cena lembra, na essência, um prisioneiro de guerra entrando num comboio para o campo de concentração.

Os não arianos mudavam de nome na época do nazismo. Hoje, os não empregados dizem que trabalham em *home office*. Ou então que resolveram fazer um "ano sabático". Não demora muito, desempregado vai ter que andar com um "D" costurado na roupa. Antigamente era o antissemitismo. Hoje é o anti--inadimplentismo. Não concorda? Então experimente perder o emprego e entrar num shopping dizendo:

– Olá. Estou desempregado e gostaria de ver aquela camisa azul.

O vendedor – que logo também estará na rua procurando emprego – agirá, mesmo assim, como um verdugo. Será breve, frio, cortante, olhando o inadimplente como quem vê um leproso.

– Perdão, mas o senhor disse que está desemp...

– Isso mesmo. Estou DESEMPREGADO.

Quase promovendo uma torção na coluna e tomado de terror, o homem tomará a camisa de suas mãos. Baterá vigorosamente com as costas da mão na peça, recolocando-a no cabide. E dirá, sorrindo amarelo:

– Desculpe, mas esta modelagem não está à venda. E a loja já estava fechada quando o senhor entrou. Até logo, passe bem, satisfação em tê-lo aqui.

Desempregado em festa de aniversário de criança:

– Oi. Sou o pai do Léo. Vim trazê-lo pra festinha do Átila.

– Pai do Léo? Não foi o senhor que perdeu o emprego?

– Fui eu mesmo, sim, senhora.

– TEM UM DESEMPREGADO AQUI! CONVIDADOS, PIPOQUEIRO, MOÇO DO CACHORRO-QUENTE, PALHAÇO, MÁGICO! TODOS SAINDO PELA JANELA! ISSO É UMA EMERGÊNCIA!

Novas profissões de futuro

O mercado de trabalho está, a cada dia que passa, mais carente de profissionais diferenciados. As carreiras tradicionais, como médico, advogado, engenheiro e cafetão não conseguem mais preencher as necessidades das empresas, cada vez mais especializadas.

É por isso que algumas profissões, nascidas muito recentemente, vêm obtendo índices altíssimos de contratação.

É o caso do pedreiro trilíngue. Esse profissional pode, ao mesmo tempo que levanta uma parede, traduzir um texto em inglês, atender o telefonema de um espanhol e ditar uma carta em japonês. Tudo isso ganhando um salário mínimo, sem direito a tíquete-refeição. Outra carreira muito procurada hoje pelos *head hunters* é a de diretor-financeiro-segurança. Esse executivo deve possuir sólida formação em Economia, ter MBA no exterior e, além disso, saber manejar armas pesadas, rádios walkie-talkie e contar com habilidade no preenchimento e distribuição de crachás.

A vantagem do diretor-financeiro-segurança é que ele pode usar a agressividade policial na hora de negociar com os fornecedores e ganhar o mesmo que um PM aposentado.

Ao lado da secretária-psiquiatra e do ascensorista--contador, o cargo de diretor-presidente-gari é ainda, de longe, o mais requisitado pelas grandes multinacionais. Muitos executivos de alto escalão têm feito estágio como catadores de papel para poder pleitear a vaga.

As novas exigências da alta gestão, como manter o Caixa 2, demitir levas de empregados e corromper políticos, provaram que um presidente não é completo se não souber meter a mão na sujeira com classe e sem manifestar nojo ou ânsia de vômito.

Para finalizar, não podemos esquecer a nova carreira que está se transformando no grande filão da temporada. É a função de temporário-palhaço, também chamado de terceirizado--arrelia. Ele costuma ser contratado ganhando menos que os outros e, na primeira oportunidade ou queda da Bolsa – o que acontecer primeiro –, é demitido sem justa causa.

Para se dar bem, é necessário saber contar piadas, dar cambalhotas e ter muito, mas muito bom humor.

Em compensação, tem direito a 30 passes de metrô por mês.

Confraternização escolar

Senhores Pais:

Vocês estão recebendo a programação da festa de encerramento do ano da Escola Infantil "Leitoazinha Azul", que será realizada no próximo dia 19 de dezembro, em nossa sede própria.

A partir das 6 horas iniciaremos nossa programação festiva, a saber:

- **6h:** Discurso da diretora, dona Guiomar de Barros Cintra Menezes e Souza, com o tema "Pedagogia infantil – uma analogia piagetiana sobre o processo mnemônico de aprendizado sociocultural num mundo comandado pelos videogames". Tempo estimado: 90 minutos.
- **7h30:** Abertura com grande passeata de cães, gatos, porquinhos-da-índia, salamandras, coelhinhos e o jumento cearense Adamastor.
- **8h30:** Apresentação das crianças do berçário na coreografia "L'aprés-midi d'un faune", de Claude Debussy.
- **9h:** Apresentação do minimaternal na peça *Death of a Salesman* (versão original em inglês), do dramaturgo Arthur Miller. No final, debate liderado pelo aluno Tiaguinho, do Minimaternal 2.
- **10h15:** Workshop sobre o anarcofeminismo nas sociedades ocidentais com as alunas do Jardim I e II.
- **11h:** Na sala "Mundo da Motricidade", circo da petizada do Jardim I – número especial de arremesso de facas, cutelos e outras armas brancas nas professoras Kátia e Silvinha.

- **12h:** Na sala "Controlando meus Medinhos", exibição do filme *O Massacre da Serra Elétrica* para professores, alunos e pais do Jardim II.
- **13h:** Feijoada dos pais.
- **13h10:** Maratona dos pais.
- **16h:** Painel "Por que apenas países muçulmanos laicos têm acesso à União Europeia", para alunos do Maternal (na dependência da sobrevivência das professoras Kátia e Silvinha no número de arremesso de facas realizado às 11h).
- **17h30:** Debate entre alunos e pais de todas as classes sobre o tema "A verdade nua e crua sobre os mitos do Papai Noel, Bicho Papão e Cegonha".
- **19h:** Balé dos Pais – após um breve descanso da atividade esportiva de Maratona, os pais serão convidados pela Coordenadoria de Artes a participar, como dançarinos, do musical *My Fair Lady*.
- **21h:** Coral das crianças do Integral com canções inéditas do folclore "cipriota-croata". Regência: professora Ludmilla Ludmioskaya da Silva.
- **21h30:** Desmontagem dos palcos pelos pais e recolhimento dos mesmos aos barracões da Escola.
- **22h:** Encerramento com execução do Hino Nacional e discurso da diretora, dona Guiomar de Barros Cintra Menezes e Souza, sobre metas e projetos educacionais para o ano vindouro. Tempo estimado: 60 minutos.
- **23h:** Como parte do "Programa Família Consciente", idealizado pela Coordenadoria de Pedagogia, lavagem e higienização da Escola, com a participação de todos os pais e alunos.

Literatura ao alcance de todos

A Arte Moderna – movimento que fez o que vê ser mais importante do que o que pinta – mudou a cultura ocidental.

Hoje, para ser artista, o cara só precisa mandar com força umas tintas na tela. Porque o que interessa é a interpretação que o vulgo vai fazer do seu teste de borrões.

O fenômeno, claro, tinha que migrar para a literatura.

Agora qualquer cretino pode escrever um livro.

Inclusive eu, que já estou no décimo e faturando os tubos.

Que tal você escrever o seu, então?

Escolha a seguir o seu modelo de escritor.

E logo você estará na lista dos mais vendidos da *Veja*.

ESCRITOR DE AUTOAJUDA: são muitos os que surgiram no filão iniciado pelo Aleister Crowley dos pobres, o Paulo Coelho. Mas você pode ser ainda mais cara de pau que o Mago e se lançar como um escriba literalmente de autoajuda. Em outras palavras, produzir um livro dando dicas de como consertar um carro de modo esotérico. Crie capítulos assim: "A Injeção Direta – esse Deus do Motor"; "Faróis – uma Luz sobre a treva do Caminho" ou, ainda, "Dínamo – a Alma da Máquina".

A autoajuda mecânica pode não ser tão charmosa quanto escrever sobre temas holísticos ou metafísicos, mas com a frota de veículos estropiados no Brasil qualquer um pode virar um John Grisham da noite para o dia.

ESCRITOR-CONSULTOR: caminho literariamente nulo, porém com alto poder de fogo financeiro. Pega-se um tema qualquer, faz-se ares de grande "expert" no assunto e escreve-se um manual descaradamente picareta.

A linguagem desses guias oportunistas deve ser sempre alto-astral. E, quanto mais socialmente delicado o tema, mais irreverência. Um livro para executivos que foram quicados de seus empregos teria, para dar um exemplo, o título: "Tomando no Custo-Benefício" – dando a volta por cima do passaralho". Bingo!

ESCRITOR INFANTOJUVENIL: de longe, o mais fácil de se tornar. É só pegar um conto infantil do século passado, mudar o nome dos personagens, ambientar nos dias de hoje e apimentar com capítulos de consumo de drogas, racismo e sexo anal. Um bom ilustrador é essencial.

ESCRITOR MASTIGADINHO: Alain de Botton é o papa da vertente. Ele representa os autores que pegam um tema tortuoso – Filosofia, Marcel Proust ou a vida sexual dos helmintos – e mastigam para o leitor preguiçoso. É a mesma coisa que um garçom destrinchar o filé de pescada amarela pra você na bandeja. Só que a gorjeta que o escritor leva é bem mais alta.

ESCRITOR-EM-TORNO-DO-CÓDIGO-DA-VINCI: "o" caminho pra você arrebentar de tanto vender. Depois de Analisando/Estudando/Revelando/Dissecando/Destruindo/Desmistificando O Código Da Vinci, você pode se candidatar a fazer o 37º megassucesso da série. Que tal uma adaptação desse universo para um público mais popular: o frequentador de casas de forró? "Comendo O Código Da Vinci com Rapadura e Farinha d'Água" seria, sem dúvida alguma, um recordista de reimpressões.

Mesmo uma versão mais urbana da trama (*O Código Da Vinci* de Trânsito – aprendendo a dirigir melhor com os Templários") haveria de ser muito bem aceita.

As dicas estão aí. Agora é só espancar o teclado.

Checklist

Você é um publicitário de criação bem-sucedido? Um decorador de interiores "in"? Um webdesigner de vanguarda? Um arquiteto do circuito alternativo? Um "art buyer" chique? Então levante as mãos para o céu. Agora você não precisa mais ficar pensando no que fazer antes de sair para o trabalho/*vernissage*/*happy hour*/balada.

O *checklist* a seguir foi feito pra atender a seu estilo urbano-contemporâneo. Não saia de casa sem ele.

- Escovei os dentes com Cariax?
- O cabelo desfiado à Strokes está com o corte em dia?
- A barba está com aparência de três dias?
- Lavei o cabelo com xampu L'Occitane Artemísia?
- Usei o condicionador novo da Clinique?
- Espalhei a cerinha Bed Head Hair Stick no cabelo?
- Usei o creme hidratante CK?
- Removi os cravos do nariz com o Pore Cleanser?
- Espalhei nas axilas o desodorante *stick* "day control atomiseur" Biotherm?
- Removi todos os pelinhos do ouvido com a pinça Victorinox?
- Estou com a calça jeans Diesel *black* rasgada nas coxas?
- Botei a camiseta Herchcovitch puída no pescoço?
- Apertei o cinto importado (de couro de vacas suíças) na cintura?
- Passei o anti-inflamatório importado ("squeeze") na "tattoo" feita em Barcelona?

– Limpei as lentes dos óculos Vintage Cat Eyes?
– Carreguei o iPhone com a *playlist* nova?
– O fone de ouvido Sennheiser Pro Mega Stadium está na bolsa de couro Fendi?
– O MacBook Air comprado na Apple Store de Praga está na sacola Gap?
– O blazer Ermenegildo Zegna está combinando com o jeans escuro?
– Botei nos pés uma sandália Birkenstock para parecer ainda mais despojado?
– A carteira de couro Louis Vuitton está no bolso?
– A pulseira de couro do relógio Breitling está bem ajustada no pulso?
– Os charutos Cohiba estão no bolso do blazer Ermenegildo Zegna?
– O isqueiro Colibri está no bolsinho da calça?
– Coloquei o smartphone na bolsa de couro Kenzo?
– Passei os olhos na coluna da Mônica Bergamo?
– Dei uma borrifadinha de Armani no peito antes de sair?
– A perua Cayenne está lavada, polida e higienizada?
– Vesti a cueca lilás?

O contador de histórias

O quarentão de terno sem gravata diz ao jovem cineasta:
 – Conte o roteiro. Em cinco linhas.
 – Final do Império. Guerras. Numa cidade do interior do Maranhão acontece um caso de corrupção. Um alto oficial português compra uma autoridade brasileira para não ser entregue aos republicanos. A autoridade fica com o ouro e, mesmo assim, manda matar o oficial.
 – Algum coadjuvante?
 – Josepha, esposa do oficial português. É ela quem, por amor, reúne o dinheiro para entregar à autoridade corrompida.
 – E o conflito central?
 – Pra se vingar, Josepha reúne as mulheres mais destemidas do povoado e monta o primeiro exército feminino do Brasil. Uma espécie de protofeminismo.
 – E...?
 – Bom, ela usa técnicas de guerrilha pra lutar contra o homem poderoso e despótico que matou seu marido. Consegue vencê-lo e, no final, castra-o.
 – Guerrilha, antes da Sierra Maestra?
 – Uma licença poética. Dá ótimas cenas de ação.
 – Qual o número de mulheres armadas?
 – 600. Pra dar dramaticidade às cenas de batalha na caatinga. Ah, e trilha do Philip Glass!
 – Hummm. A vestimenta delas seria...
 – Roupas de vaqueiro.
 – Hummm.

– Gostou?

– Minha parte da análise acabou. Agora é com o Bernardes.

– Bernardes?

– É, o nosso contador.

– Mas ele vai...

– ... esmiuçar sua ideia do ponto de vista financeiro.

Bernardes, um senhor de cabelo escovinha, diz ao diretor do filme:

– 600 mulheres vaqueiras numa batalha na caatinga? Impossível...

O jovem se ajeita na cadeira:

– E 300?

– Sem cenas de batalha, sem trilha do Philip Glass.

– O quê?

– Vamos fazer tudo com som ambiente. Dá mais realismo. E gibão, nem pensar, o couro sai os olhos da cara. Sugiro contar a mesma história, mas ambientada em Pelotas.

– Como assim, Pelotas?

– O patrocinador tem permuta em hotéis e churrascarias do Sul.

– Mas isso não tem a menor lógica!

– Perdão, mas não existe diferença entre captar esse roteiro no Nordeste ou na Província Cisplatina. Aliás, boa ideia, vamos botar essas mulheres guerreiras todas de bombacha.

– Mas é um fato histórico que aconteceu no Maranhão!

– O público não liga para fatos históricos. Mulheres de bombachas, meio rasgadas na bunda, deixariam o público masculino maluco.

– Absurdo, absurdo completo...

O contador nem ouve mais o diretor. Prossegue:

– E que tal criar uma sequência em que Josepha, pra conseguir verba pro tal do exército feminino, montasse um bordel na Serra Gaúcha?

O quarentão, de terno sem gravata, nesse instante pula da cadeira e berra:

– Porra, Bernardes! E se a Anita Garibaldi fizesse uma ponta como cafetina do puteiro? Hein? Hein?

À sombra da água fresca

Vamos supor que os funcionários públicos – ao receberem a notícia de que, mais uma vez, teriam um reajuste anual de 81% – se revoltassem.

Obviamente, a primeira coisa que a representativa "Ala Ociosa" faria seria cruzar os braços.

Apavorado com a crise institucional, o governo proporia uma saída inesperada: convenceria esses ex-funcionários indolentes a formarem outro país, vizinho ao Brasil. O Ministério da Fazenda cederia um terrenão próximo ao Distrito Federal – sobra da Reforma Agrária – e pronto.

Nasceria ali a República Burocrática do Paranoá, às margens do lago de mesmo nome – cuja bandeira teria um relógio de ponto com um "X" vermelho riscado por cima. Por uma questão de coerência, o primeiro artigo da Constituição do novo membro da Comunidade Internacional seria: "Aqui todo dia é ponto facultativo; revogam-se as disposições em contrário".

O sistema de governo seria, de segunda a sexta-feira, parlamentarista. De quarta a quinta, presidencialista. Sexta, sábado e domingo não haveria regime algum, pois a população e os políticos precisariam descansar dos assuntos públicos.

Outra característica marcante da RBP seria a língua. Ali, o português estaria praticamente abolido e os habitantes se comunicariam através de formulários.

Exemplo: quando alguém quisesse ir para uma banheira de espuma com outro alguém, não precisaria propor nada verbalmente. Preencheria um formulário e o entregaria à (ao) pretendente, recebendo-o de volta em até 180 dias após a solicitação, com um carimbo de deferimento ou indeferimento.

Parece um método impessoal, mas Paranoá, em compensação, seria o país com menor índice de natalidade do Cone Sul. Obrar-se-ia tão pouco em Paranoá que as pessoas teriam o trabalho como *hobby*. Nas férias, o programa preferido das famílias seria dar expediente.

— Viajaram pra onde?

— Ai, nem te conto, menina. O Alberto, os meninos e eu fomos trabalhar numa mina de carvão insalubre em Santa Catarina. Simplesmente sen-sa-cio-nal!

— Que invejinha de vocês. Imagine que o Otoniel teimou em nos levar pra uma pedreira. Mas uma pedreira duas estrelas. Tinha jornada de trabalho de 18 horas. Pasmaceira por pasmaceira, preferia ter ficado na minha repartição.

Mas o orgulho de Paranoá seriam mesmo as filas. Nem a União Soviética de Stálin teria tantas e de tão variadas espécies.

— Aqui é a fila do pão?

— Não. Pra saber qual é a fila do pão tem que entrar naquela outra filona ali.

— Por quê?

— Porque aquela fila é pra obter informações sobre onde é a fila do pão...

— Sei, sei.

— Depois de obter a informação, a pessoa entra naquela outra fila ali à direita. Lá eles dão uma senha que dá direito a entrar na fila do pão.

— E esta fila aqui em que o senhor está, é do quê, do leite?

— Não é, não. Esta é só pra dizer às pessoas que perguntam onde é a fila do pão que ela não é aqui.

O dogmático e o ateu

Eram amigos desde a infância. Mas possuíam visões de mundo completamente opostas. Um era o ateísmo em pessoa, o outro, mais dogmático que uma palestra da Escola Superior de Guerra.

Aos seis meses o dogmático balbuciou suas primeiras palavras: "papa... do céu". Ao fazer um ano, deixou de tomar a papinha da tarde e teve seu primeiro sentimento de culpa. Já as primeiras falas do ateu foram bem diversas. Ainda um bebê, disse: "rosa". E acrescentou:... de Luxemburgo.

Na escola, anos mais tarde, a oposição de ideias continuou. Enquanto o pequeno dogmático aceitava tudo o que se dizia nas aulas de religião como sendo verdade absoluta, o ateuzinho preferia desmoralizar a professora.

– Moisés dividiu o mar em dois? Me engana que eu gosto...

O dogmático acabou entrando para o seminário. O ateu fundou um partido anarquista. E as brigas não paravam.

– Quem nasceu primeiro, o ovo ou a galinha? – grunhia o dogmático quando acuado pelo antagonista.

– Sei lá. Mas a omelete nasceu bem depois – ironizava o ateu.

– Olha, desse jeito você nunca alcançará a vida eterna...

– Vida eterna? Com os maiores juros do mundo? Não... muito obrigado.

Coincidentemente, numa sexta-feira 13, os dois estavam discutindo quase no meio da rua quando foram colhidos por um caminhão e morreram. Em segundos, estavam no céu.

– Eu não falei, eu não falei? O céu existe, olha aí!

– Parece o Projac da Globo – comentou o outro.

– Não adianta caçoar. Agora nós vamos ver quem vai rir por último.

– Tá vendo aquele senhor de cabeleira branca que vem vindo ali? Sabe quem é?

– O Antônio Fagundes?

– É São Pedro, seu idiota. É ele quem aprova ou veta a entrada de pecadores por aqui.

São Pedro aproximou-se dos dois, sentou-se a uma mesa onde havia um computador e disse:

– É só uma pequena formalidade. Nada demorado...

Virou-se, então, para o ateu e indagou:

– É crismado?

– Não.

– Fez primeira comunhão?

– Não.

– Batizado?

– Não.

– Acredita em Deus?

– Não.

– Perfeito. Apanhe com aquele arcanjo o nosso guia de lazer e tenha uma ótima estada no firmamento cristão. Ah, já ia me esquecendo: para usar a quadra de *squash*, é preciso se inscrever com antecedência. Bem-vindo...

O dogmático assistia a tudo, boquiaberto. Só então São Pedro se dirigiu a ele:

– ... e o senhor aguarda ali no Purgatório por mais uns 15 dias, viu? Com a entrada do seu amigo, houve excesso de contingente.

O dogmático explodiu:

– Cacete! Dedico a minha vida à religiosidade e esse ateu filho da puta entra na minha frente? Que palhaçada é essa? Eu quero uma explicação já!

São Pedro, com seu jeito bonachão, esclareceu:

– Agora a gente anda fazendo vista grossa pra certas coisas aqui.

E completou:

– Sabe como é, o céu evangélico cresceu demais, meu filho.

O canhoto

Um homem resolve fazer fotos para passaporte. Vai a um quiosque de shopping. Logo é atendido por uma senhora gorda. A revelação é prometida para dali a 15 minutos. O homem pensa um pouco e, para ganhar tempo, resolve pegá-las na volta do almoço. Ao retornar, "se vê" pendurado junto às outras ampliações.

– Vim pegar umas fotos.

Agora quem está no balcão é outra atendente, ossuda e de óculos-garrafa.

– O canhoto, por favor.

– Canhoto? Ih, não me lembro de ter pegado.

– Perdão, não posso entregar nada assim, sem comprovante.

– Mas... paguei adiantado e...

Ela aponta para um quadro na parede onde se lê: "Sem Canhoto, Sem Foto".

E acrescenta, dando um suspiro:

– Normas...

– Mas é tão simples, senhora. Basta dar uma olhada e ver que sou eu na fotografia.

– Que sou eu na fotografia?

– Não – que sou EU!

– Claro que é o senhor. Eu estou aqui só atendendo.

– Pois então! Basta olhar e ver que a foto é minha.

– Minha? Nã, nã, não. Ainda não é sua. Só com o canhoto.

O homem se exaspera. Pega as fotos, ainda meio úmidas, e mostra à atendente.

– Olhe direito: sou eu ou não?

– Claro que não.

– Como?

– O rosto não prova nada. O que prova é o canhoto. Isso é apenas uma imagem num papel.

– E essa imagem de cabelos pretos, olhos pretos e bigode no papel... só pode ser a minha.

A atendente muda para um tom inquisidor.

– Quantas pessoas não gostariam de pegar uma foto como a sua, hein?

– E por que iriam querer logo a minha?

– Pelo mesmo motivo que o senhor: pra colocar num documento. Um documento falso!

– A senhora está me chamando de estelionatário?

– O senhor, não. A pessoa que quer levar a sua fotografia.

O homem se assusta:

– Ué, tem alguém querendo pegar a minha fotografia, de verdade?

– E eu sei lá? Já lhe disse: sou apenas a pessoa que atende aqui. Se o senhor conhece algum maluco desses, o problema é seu.

– Então vamos fazer uma coisa – propõe o homem, extenuado. – Eu quero fazer novas fotos para passaporte. Agora!

A mulher assente com a cabeça. Vão à câmara escura. Ao final, ela diz:

– Ficam prontas em 15 minutos.

Ele paga, apanha o comprovante e guarda-o cuidadosamente na carteira.

Volta 15 minutos depois, em ponto. Coloca, desafiante, o canhoto sobre a mesa. A mulher confere com muita calma nome e número e entrega a ele o envelopinho com as novas fotografias.

Por fim, completa:

– Ah! Agora, sim, é o senhor.

Sexo XXI

No tempo do meu avô, ver o calcanhar de uma melindrosa era motivo para um mês de polução noturna. Hoje, pegar nos seios de uma prenda é corriqueiro como apalpar tomates durante uma compra de supermercado. O oposto também é válido.

Sexo para as mulheres, até os anos 1950, era tão exótico como ter um encontro com o papa. Atualmente, elas não se surpreenderiam em transar com Sua Santidade. Desde que ele não fosse machista e soubesse comer espaguete sem usar a faca. Um giro rápido pela sexualidade do século XXI nos permitiria, sem exageros, presenciar cenas assim:

– Uma brincadeira diferente hoje?

– Tipo?

– Eu vou ser o Dominatrix. Depois, a gente inverte: eu viro o seu Passivotrix.

– É uma, hein!

– Então tá... Dou as ordens agora?

– Dá, dá.

– Seguinte: tira a calça, a camiseta, a calcinha, o All Star. E deita de quatro.

– Você manda.

– Agora faz o seguinte, ó...

– Aaah!

– Pô, nem comecei a tortura e tu já tá gritando...

– Nã, nã. É o chão que tá frio pra cacete!

– Calada!

– Opa.

– Fecha a boca e obedece!
– ...
– Toma!
– Aiiiiii!
– Pega essa, com o meu chicote!
– Puta merda! Huummmmmm!
– Fala que é uma vagabunda, fala!
– ... sou uma vagabundinha!
– Vagabundinha nada. Fala que é uma V.A.G.A.B.U.N.D.A!
– Aiiiiii! Sou uma V.A.G.A.B.U.N.D.A!
– Aghhhhhhhhh! Crangsh! Groarg! Bã! Groarg! Cã!
– Nossa, foi rápido hoje, hein?
– Caracas, eu não aguento quando você fica de quatro. Me acende...
– Então agora sou a Dominatrix, tá?
– Tá. Deixa eu só dar uma respirada. Hummm.
– Respira.
– Hummmm. Ok, ok.
– Bão, senta na cadeira e tira a camisa. Agora!
– Tá.
– Só eu falo. Você só abre a boca quando EU mandar, entendeu?
– Entendi.
– Entendeu NADA! Eu mandei você falar "entendi"? Mandei? Então toma!
– Aiiiiii! Ahhhhhhh! Huuuuuu!
– Descreve o que você tá sentindo. Descreve já, escravo sem vergonha!
– Gotas de cera quente caindo sobre o meu ombro esquerdo. Aiii! Você tá pingando uma vela enorme nas minhas costas. Pombas! Ui! Aiii!

– Olha o soco-inglês!
– Nãoooo! Soco-inglês nãoooo!
– Cara, eu não aguento, ai, eu vou, eu vou... Ahhhhh!
– ...
– ...
Nesse momento cai a conexão.

Utilidade púb(l)ica

Gostaria de compartilhar com todos os meus *followers* e amigos uma mensagem importante que recebi de um leitor via e-mail.

"Sou executivo de uma multinacional.

Há duas semanas fui a um restaurante com clientes e deixei o carro no estacionamento por volta das 8 da noite.

Permaneci até as dez horas no local, logo depois saí e peguei meu carro com o manobrista.

Após percorrer algumas ruas, ouvi um barulho no porta-malas da minha BMW. O carro sacolejava muito e saía de traseira.

Foi quando olhei para trás e vi um travesti tentando sair do porta-malas e passar para dentro do carro. A cena era inacreditável. Eu, a mais de 120 km/h, e a boneca se agarrando ao vidro traseiro e ao teto para não cair.

Mesmo conseguindo fazer sua peruca, o sutiã e a combinação caírem no asfalto, não pude me livrar dele totalmente. O transexual era forte e terminou entrando no carro e me rendendo.

Depois disso, não me lembro de mais nada. Acordei no dia seguinte com uma forte dor na nuca. Minhas costas também estavam todas arranhadas e um forte cheiro de perfume barato permanecia em meu terno italiano.

Sem entender o acontecido, fui até a delegacia mais próxima.

Um policial explicou que uma gangue de travestis está atacando exclusivamente executivos. E tudo ocorre porque os manobristas geralmente levam o automóvel a um lugar distante. Então, num determinado momento, o travesti se esconde no porta-malas, espera o veículo ganhar distância e tenta entrar nele.

Aí, ameaça a vítima dizendo que irá até a sua casa se apresentar à família e aos filhos como sendo seu amante.

Segundo o delegado, cerca de 200 casos já ocorreram neste ano.

Todo cuidado é pouco.

Se, por acaso, você não atender aos apelos dessa gangue, no dia seguinte eles vão até a multinacional onde você trabalha e fazem um show de transformismo na frente do seu chefe gringo.

Eu tive muita sorte, pois era solteiro, simpatizei com o jeito selvagem da Andressa e, com a ajuda do delegado, a encontrei. Estamos juntos há duas semanas.

Mas poderia ter acontecido algo terrível.

Então, cuidado, e passe essa informação para quantas pessoas puder."

A metamorfose de Mariozinho

Quando certa manhã Mário Samsa acordou de sonhos intranquilos, encontrou-se em sua cama metamorfoseado numa etiqueta monstruosa.

Ao levantar um pouco a cabeça, viu seu ventre retangular: branco, costurado ao meio, no centro do qual havia a inscrição: *Nike. Just do it.*

Suas pernas, lastimavelmente grossas em comparação com o resto do corpo, tremulavam desamparadas diante de seus olhos.

– O que aconteceu comigo? – pensou.

Não era um sonho. Seu quarto, um autêntico quarto de humano, permanecia normal. Nas paredes os pôsteres de sempre: Ayrton Senna com o macacão cheio de logotipos dos patrocinadores; um saxofonista solando num festival de jazz; bailarinas no palco de um teatro.

Lembrou-se de um ancestral que virara barata. A família comentava aquilo na miúda, mas parecia tão distante que já virara mito.

Ainda deitado, Mário pensou na roupa para vestir.

Era um dia comum, terça-feira ensolarada. Usaria o jeans Diesel, a camiseta John John e calçaria o Nike azul.

Lembrou-se então que havia se tornado uma etiqueta.

E etiquetas não precisam se preocupar com roupas de grife.

Estava nessas indagações existenciais, quando ouviu a namorada – uma estudante de Comunicação como ele – sair do banho e vir na direção do quarto.

– Acorda, fofucho, já são mais de oito horas! – gritou a garota.

Apesar de ter virado uma etiqueta de pano, Mário Samsa ainda mantinha a voz de sempre.

– Já abro, amor. Tô vendo que roupa vou botar...

– Tá. Mas vai logo porque senão a gente vai perder a segunda aula. E tem prova...

Samsa respirou fundo. Olhou para seu corpo de lycra-cotton e ficou sem saber o que fazer. Só sobrava espaço nos pés para botar o tênis e, talvez, um boné na cabeça.

O resto era aquele pedaço enorme de tecido.

Tudo bem, tinha verdadeira mania por roupas de marca, mas ainda não entendia o porquê daquela transformação tão radical.

Rapidamente outras questões vieram assaltar sua mente conturbada.

A namorada, ao vê-lo daquele jeito, dali a instantes, reagiria como? Choraria? Chamaria a polícia? Ligaria para a reportagem do *Fantástico*?

A reação de Mário, no entanto, foi inusitada. Resolveu partir para cima do problema.

Ela, se o amasse mesmo, iria compreender e apoiá-lo.

Foi até o *closet*, pegou o boné da Puma e o meteu no cocoruto.

Abriu a porta de supetão.

A garota entrou distraída, de cabeça baixa. Mas, logo que ergueu a vista, percebeu Mário naquele estado.

Silêncio completo.

A namorada lançou-lhe um longo olhar, de baixo para cima.

Ficou reparando detidamente no Nike azul, depois foi percorrendo mais alguns segundos o enorme tronco-etiqueta. Por fim, mirou o boné do namorado.

Aí, entre orgulhosa e surpresa, deu um gritinho e falou:

– Nossa, Mariozinho! Hoje você tá uma COISA!

Outro mundo é impossível

Pontualmente às 13 horas do dia 13 de janeiro, no estádio Mané Garrincha, teve lugar o Primeiro Encontro da Associação Brasileira de Angustiados, Deprimidos, Desanimados e Niilistas (ABADDN), seção Brasília.

Tomou a palavra o senhor presidente.

Respirou fundamente e tentou dizer algo. Mas, segundo ele mesmo relatou, "uma nuvem negra nublou-me os olhos e uma opressão no peito impediu-me de comunicar qualquer frase conexa àquela gigantesca plateia".

Em seguida, a senhora vice-presidente apanhou o microfone das mãos de seu superior hierárquico e, tomando ar, disse:

– Hã...

Após o breve vagido, sucumbiu num choro descontrolado, tendo de ser medicada ali mesmo com uma injeção de Prozac na veia.

O secretário-geral da ABADDN, bastante compungido e com poucas esperanças de que o evento pudesse ter lugar naquela data, num esforço hercúleo conseguiu sair de sua prostração e pregar no palco o cartaz-tema do "meeting": "Outro Mundo é Impossível".

Como os painéis de debates não se iniciavam ("A luta para que o mundo acabe em barranco continua"; "Não adianta: nunca ninguém vai respeitar os pobres"), os milhares de associados começaram a se angustiar.

Um grupo de deprimidos capixaba passou a se autoflagelar com os grampos do bloco de programação do Encontro. Enquanto isso, não longe dali, a seção piauiense inteira desmaiava de inanição e desânimo. Nas arquibancadas, os deprimidos paulistas suspiravam em uníssono, enquanto comiam enormes nacos de pizza para não morrer de perrengue.

Com suores frios e taquicardia, o presidente da ABADDN tentava, de alguma maneira, controlar a situação. Mas toda vez que saía do escuro do vestiário tinha crises de labirintite e precisava voltar para dentro novamente.

A vice-presidente já deixara o estádio: síndrome do pânico.

Algo precisava ser feito imediatamente. Mesmo com a farta distribuição de comprimidos de lítio e energéticos, o astral não se elevava a um mínimo necessário para que algo acontecesse.

Num fio de voz, o presidente ordenou a seu secretário-geral:

– Jogue o show da Ivete Sangalo, em 45 rotações, no telão agora!

– Mas o senhor não está ouvindo? Já está no telão!

– E ninguém está se mexendo?

– Nada – respondeu o secretário, olhando para o centro do campo. – Nenhuma rebolada sequer, senhor presidente...

Era o fim.

Bem nessa hora ouviu-se o ruído do helicóptero do ministro da Saúde. Chegava com atraso, mas ainda em tempo de prestigiar a nova agremiação e seu público.

Acompanhado de forte esquema de segurança, Sua Excelência passou no meio da multidão, logo chegando ao tablado. Pegou o microfone e fez uma saudação a todos.

Ninguém teve ânimo de vaiar.

O crime do padre Eulálio

Não dá outra. Se um cara nasceu no Piauí, ele foi educado debaixo do cristianismo. Você conhece, por acaso, algum piauiense muçulmano?

Já viu um vaqueiro usando quipá?

É bom que se diga: o fervor papista do piauiense não é esse catolicismozinho diletante de agora. O cabecinha-chata passa por uma lavagem cerebral apostólico-romana linda de Deus. As más línguas dizem até que o sucesso dos Evangelhos no Meio Norte se deu porque a única refeição que os sertanejos faziam era hóstia: com farinha, é claro.

Até meus sete anos eu respeitava mais a Igreja do que um afiliado da Al-Qaeda venera um mulá. Pra completar esse quadro metafísico, meus pais despencaram no Sul Maravilha e continuaram praticando os mesmos rituais de lá.

A saber, missas de domingo, confissões, "pedir a bênção" e rosários apressados em casos de emergência. E em nossa família ainda havia um *plus*: manteve-se o costume dos tataravós de alimentar e hospedar um padre viajante em casa. Isso vinha de longe. Os cônegos e bispos, levando a palavra de Deus aos confins do sertão, eram recebidos pelos meus ancestrais à base de leitoa, capão e bode assado. Com farinha, é claro.

Seguindo a tradição, o padre Eulálio adentrou nosso modestíssimo apartamento da Lapa de Baixo. E veio estiloso do Norte. Uma batina de primeira, com aqueles colarinhos roxos saindo do santo pescoço e um tipo de anágua surgindo quando ele cruzava as beatas pernas.

Ao vê-lo surgir no meio de nossa sala e benzê-la, não tive mais dúvidas: Deus existia, eu me sentia bem e um dia seria papa.

("Monsenhor Castelli, está vendo a fumaça branca? O senhor agora é Carolus I, o primeiro papa piauiense da história da Igreja. Oremos...")

Nem é preciso dizer que comeu-se à tripa forra. Minha mãe fez um empréstimo no Banco do Brasil, mas serviu do bom e do melhor. Lembro-me até que saiu o raro doce de casca de limão, fina receita em homenagem à imperatriz Teresa Cristina, "padroeira do Piauí".

Depois do licor de jenipapo, padre Eulálio bocejou discretamente. Mamãe foi rápida:

– Sua cama está preparadinha no quarto do menino. Vá, meu filho, leve o padre pra dormir mais você.

Dividir o quarto com padre Eulálio era como dormir com um daqueles apóstolos que eu só via nas iluminuras de catecismo. Sentei-me à beira da cama e fiquei admirando o cura tirar a batina – que classe eclesiástica!

Já de cuecas, ele se ajoelhou – fiz o mesmo – e rezou um pai-nosso em voz alta.

Persignamo-nos. Apaguei a luz.

– TREEEIMMMMMMMMMM! PSSSH! TREIMMMM! PSSSHH!

Santo Deus, não acreditei no que ouvi em plena treva. Padre Eulálio peidara!

E não havia sido uma emanação de gases qualquer. Aquele tinha sido o traque mais espetacular que eu escutara em minha curta vida. Esperei alguns segundos para ver se viria algum comentário.

Silêncio.

Padre Eulálio tinha virado para o lado e dormido.

E eu, virado ateu e perdido o sono.

Balada de John sem Yoko

Me explica uma coisa, Yoko
Tô aqui no firmamento
E não tem uma semana
Que não tenha um lançamento

É filme, é livro, é CD
Preservativo do John
Nada a ver com paz e amor
Nada a ver com nosso som

Ô, ô, ô, Yoko
Você me deixou oco
Ô, ô, ô, Yoko
Você me deixou louco!

Você era vanguardista
Minha grande passionária
Como foi se transformar
Nessa grande mercenária?

Tá querendo abrir um banco,
Detonar o rock'n'roll?
Respeita a minha memória
Tá ficando igual ao Paul?

Ô, ô, ô, Yoko
Você me deixou oco
Ô, ô, ô, Yoko
Você me deixou louco!

Eu imaginando um mundo
Todo cheio de altruísmo
E você em Nova York
Tocando o capitalismo

Não duvido, dona Yoko
Que sai logo no varejo
Eu cantando no banheiro
E fazendo gargarejo

Dostoievskiana

Outro dia ouvi um Ph.D em Artes dizer que a literatura brasileira nunca chegaria à densidade da literatura russa. Nunca teria a dramaticidade implícita à língua de Dostoiévski, temperada em séculos de catástrofes, guerras, pestes e muitos czares mamando no Estado.

Discordo da teoria. Até porque, tirando os czares, nossa situação não é tão diversa daquela da Rússia do século XIX. Reparando bem, a diferença entre uma literatura e outra reside quase que exclusivamente no nome dos personagens.

E olha que, sendo bem honesto, nossos problemas atuais são até mais dramáticos.

Leia o texto a seguir e confira se o Ph.D estava certo ou errado.

"Era domingo, perto da hora do almoço. Alieksiéi Fiódorovitch, Nastássia Prokófievna e os filhos viam tevê no cafofo. Alieksiéi Fiódorovitch estava desempregado havia meses. E tomara, na noite anterior, um pifão daqueles. Pra espantar o azar. Nesse momento, entraram no barraco Elisavieta Filípovna e Nikolai Ivânovna. Nikolai trazia um cavaquinho nas mãos, Elisavieta um tamborim. Logo atrás deles, surgiu Iegor Tulípanov, chefão do tráfico no pedaço. Trazia uma peça grande de maminha, duas rabadas cozidas no agrião, farinha de rosca, carvão e cerveja gelada. Alieksiéi Fiódorovitch, meio aturdido, gritou:

– Que lance é esse aí, ô Tulí?

– Viemos fazê uma churrascada em teu cafofo, mano Fiódo. Pra te ajudá a esquecê a desdita!

– Então vamos se acomodando – disse Fiódorovitch. E berrou para a mulher:

— Nastássia Prokófievna! Bota umas moelas no fogo pro tira-gosto; traz a garrafa da canjibrina pros rapaz.

Começou o pagode. Piotr Stiepânovitch, Klávdia Vassílievna e Varvara Alieksándrovna, que passavam na calçada, não resistiram aos tãs-tãs e skindô-lelês. Subiram ao barraco e fizeram coro, cantando várias do pagodeiro mais famoso do momento: Praskóvia Vsiévolodovitch, o ursinho-polar dos teclados.

A carne começava a ficar no ponto, as garrafas de cerveja chegavam trincando ao alpendre e até a velha *babuska* Vladimirschi caíra no samba, lançando gestos obscenos que faziam todos gargalharem como crianças.

Só quem não gostou da festa foi o vizinho de Alieksiéi Fiódorovitch, o PM aposentado Grigori Stiepântchikov, que começou a achar ruim toda aquela latomia fumacenta. Foi até a porta da casinha de zinco, bateu com força e ameaçou:

— Ô Alieksiéi Fiódorovitch! Que fuzarca é essa? Quero cochilar e não consigo, cacilda!

Não obteve resposta. Resolveu arrombar a porta e entrar com tudo no barraco. Piotr Stiepânovitch, malaco da gema, puxou da navalha e passou-a pertinho dos "documentos" do PM. O velho tombou de quatro no chão. Klávdia Vassílievna e Varvara Alieksándrovna caíram na gargalhada.

Durou pouco a alegria. Grigori Stiepântchikov, que fazia bico como segurança, pegou seu celular e chamou seis guardas "chegados". Todos do shopping ao lado da favela. Os meganhas já entraram atirando. Sobrou bala até para o Condomínio Tolstói, a um quilômetro do local da devassa.

Alieksiéi Fiódorovitch, família e amigos que ofereceram o churrasco foram enterrados como indigentes. E o czar nem ficou sabendo de nada."

O suicídio do bicho-grilo

São Tiago Antão, no ano II antes de Cristo, peregrinou em jejum pelo deserto, durante seis meses, porque havia matado uma pulga.

Essa atitude lembra muito a de um espécime tipicamente brasileiro: o bicho-grilo porraloquensis. Ele é resultado do cruzamento entre o estudante de Filosofia da USP, o *hippie* da Bolívia e o capoeirista do Pelourinho. Não necessariamente nessa ordem.

Reproduzia-se em cativeiro e habitava principalmente os quarteirões entre as ruas Fidalga e Harmonia, na Vila Madalena, em São Paulo.

No Rio adotou o Baixo Leblon; em Salvador, o entorno do Pelourinho.

Era reconhecido por suas batas coloridas, lenços na cabeça e um vocabulário de apenas quatro expressões: "só", "meu", "muito louco" e "tô louco pra caralho".

A alimentação básica do bicho-grilo porraloquensis era arroz integral, batata-baroa, empanada argentina, tofu e mais um pouco de arroz integral. Alguns tomavam cerveja e fumavam um cigarrinho fino e malcheiroso.

Os bichos-grilos tinham muitos filhotes. Ninavam os rebentos à noite com músicas do Beto Guedes e do Led Zeppelin. Também gostavam de colocar nomes diferentes nos filhotes, como Cauê, Aritana, Lenine, Stalimir, Krishna ou Lua. Aparentemente esses nomes serviam para chocar a sociedade. Como, por exemplo, o de um velho morador da Rua Girassol encontrado recentemente por pesquisadores e que se chamava Genival Lacerda da Silva Che Guevara.

Nos anos 90, com a proliferação dos bares de pagode, os bichos-grilos começaram a entrar em extinção. Não podiam mais dormir em redes na varanda e foram ficando cada vez mais tristes. Foi aí que aconteceu a grande diáspora em direção a Visconde de Mauá, São Tomé das Letras, Trindade e calçadas do Espaço Unibanco.

Hoje há poucos espécimes na Vila. Foram sendo expulsos pelas boates, bares, restaurantes e casas de lenocínio. Mesmo assim, há agências especializadas em safáris nos bairros onde eles ainda sobrevivem e se reproduzem.

O passeio é instrutivo e muito bem organizado. Percorre-se o local em jipes dirigidos por "rangers" treinados em Botswana e Quênia. Armados com dardos de tranquilizantes de maconha, eles mantêm uma distância segura entre turistas e porra-loucas. Pode-se também conhecer a área a bordo de um balão.

O Ministério da Saúde exige apenas vacinação contra larica.

***

Era uma vez um bicho-grilo. Por um motivo porra-louca qualquer, ele foi ficando triste, triste. A deprê aumentou tanto que o bicho-grilo resolveu tomar uma atitude drástica: pôr fim à existência.

À noite, na cama – ou melhor, na rede, que bicho-grilo não dorme em cama –, ele abriu a gaveta do criado-mudo – ou melhor, o bolso da mochila, que bicho-grilo não usa criado-mudo – e pegou o primeiro vidro de remédio que a mão alcançou. Fechou os olhos, abriu a boca e tomou todo o conteúdo.

Encolheu-se. Logo chegaria a hora de encontrar Shiva. Ou seria o Paulo Coelho?

Não importa a divindade que o iria receber, o importante era escapar de um mundo que não entendia o Reiki, a massagem holística, os florais mineiros e principalmente o tofu. Sim, a indiferença do mundo ao queijo de soja era imperdoável.

Nada poderia valer a pena se o gênero humano não tivesse sensibilidade suficiente para substituir qualquer alimento por esse maná.

Meia hora, uma hora, duas horas e nada de o bicho-grilo morrer. Ele então resolveu abrir os olhos e ver o que tinha tomado.

Era homeopatia.

Um briefing

FATO PRINCIPAL

Cliente solicita campanha de lançamento da erva-mate "Bah, Guri!" para o mercado "Mapito" (Maranhão, Piauí, Tocantins). A ideia é convencer o consumidor do Meio Norte a elevar seu consumo de chimarrão de zero para 300 cuias/ano.

A marca, há 27 anos produzida em Erechim, é benchmark no Rio Grande do Sul e em Santa Catarina. Tem como diferencial a tradição dos pampas: é amarga, encorpada e deve ser tomada muito quente.

Como fraqueza, a embalagem. O logotipo mostra um homem de bombacha chicoteando um burro. A imagem pode trazer resistência ao consumo do chimarrão na região, já que o público tem forte identificação com o jegue.

Mesmo tendo sido alertado pelo Tavares, o cliente não pretende fazer alterações na logomarca ("troco o burrico por uma mula, mas no relho não mexo, tchê").

CENÁRIO ATUAL

Há vários concorrentes diretos do "Bah, Guri!" (Bago na Cerca, Tchê Guevara, China Veia do Guaíba). Como competidor indireto no Nordeste pode-se considerar o licor de catuaba. Nenhuma marca, no entanto, percebeu a oportunidade de explorar o mercado Norte-Nordeste.

Na reunião de *brief*, nosso *planner* levantou os riscos de lançar a "Bah, Guri!" durante o verão, época em que Teresina chega a 45 graus à noite.

A Thais, da mídia, chegou a sugerir que fosse lançado um tereré, que é bebido gelado, mas o cliente se recusa a adotar uma postura não ortodoxa na maneira de tomar o seu mate.

POSSÍVEIS POSICIONAMENTOS
– Neste verão, a bomba de cuia vai bombar.
– Que água de coco, bagual, vá de "Bah, Guri!".

TOM DA COMUNICAÇÃO
Não há *do's* e *dont's* rígidos. Contudo, o cliente pede que nos comerciais apareça um gaúcho vestido com roupas regionais e com forte sotaque nordestino.

OPORTUNIDADES
O Proença, do BTL, teve a ideia de uma promoção em Belém para alavancar o novo hábito. Na compra de dois pacotes da erva, o consumidor ganharia uma cuia de chimarrão e outra de tacacá. Há o risco de erro de cuia no preparo, mas estabeleceríamos um *link* emocional com o público.

Como a verba para o lançamento é baixa, ações diferenciadas são bem-vindas, a saber:

– Programetes com chefs de cozinha propondo a combinação de pirão de mulher parida ou galinha de cabidela com chimarrão.

– Ativação da marca com shows da banda Chiclete com Banana tocando o repertório de Gaúcho da Fronteira e Teixeirinha.

– Criação de jangadas em forma de cuia para navegação de banhistas nas praias do Mosqueiro, Calhau e Parnaíba.

– Distribuição de um milhão de chaveiros-cuia em forrós, bailões e cabarés.

RESTRIÇÕES
NÃO mencionar na comunicação que o chimarrão é tomado quente.

O fator cor-de-rosa

Os tempos mudam. É só uma questão de tempo. Isso vale também para os bichos-papões da sociedade que precisam se adaptar urgentemente às exigências de um mundo cada vez mais politicamente correto e coxinha.
Veja o que pode vir por aí.

- **PINK PUNKS:** versão menos agressiva do movimento. Ao contrário dos tradicionais *piercings* e coturnos, os novos punks prefeririam usar roupas cor-de-rosa, sapatilhas de balé e medalhinhas de Santa Edwiges.

    Em vez de adotar os princípios da anarquia, iriam se dedicar ao estudo da antroposofia. A notória admiração por Sid Vicious também mudaria radicalmente. O ídolo dos pink punks passaria a ser Liberace.

- **ISLÃ LIGHT:** com os avanços da globalização e a entrada da CNN nos países muçulmanos, o Islã teria de rever seus conceitos mais radicais.

    A primeira mudança seria reconhecer que a mulher não é um ser desprezível. A partir de então ela adquiriria o status de animal de estimação. Com isso, o seu dono poderia levá-la a um passeio diário na coleira, desde que devidamente protegida por um xale na cabeça.

    A segunda liberalidade do Islã Light seria permitir que os homens raspassem o bigode, se assim desejassem.

    As relações homossexuais também já não seriam mais punidas com a pena de morte, apenas com apedrejamento seguido de amputação dos membros inferiores.

- **JIHAD DE BAIXO TEOR DE EXPLOSÃO:** a Jihad teria uma vertente mais branda e suave. As milícias deveriam armar a população, mas não necessariamente com fuzis, granadas, canhões. Metralhadoras de plástico, espadas dos Power Rangers ou martelinhos de apito obedeceriam da mesma maneira aos preceitos da causa. O "rodízio de atentados" seria outra forma mais suave de beligerância. Bombas às terças e quintas, distribuição de narizes de palhaço às segundas, quartas e sextas. E, no fim de semana, "rave" com agentes da CIA e SEALS convidados.

- **PARTIDO NEONAZISTA SOFT:** um partido nacional--socialista totalmente adaptado às exigências do século XXI. Fortemente inspirado em partidos políticos brasileiros de natureza exótica, como o DEM, o Partido Militar Brasileiro teria a figura mítica de Plínio Correia de Oliveira (com bigodinho à la Adolf) como o seu "condottiere" e admitiria a presença de determinadas minorias no país, desde que assinassem uma nota promissória deixando seus bens e os dos herdeiros à direção do partido.

    Os genocídios seriam considerados ultrapassados e substituídos pelo confisco da poupança.

- **SKINHEADS DIET:** só a careca seria mantida como forma de protesto. No mais, os antigos "Carecas do Subúrbio" fariam conchavos e coalizões com seus arqui--inimigos punks a fim de manter o jogo político e a harmonia entre os poderes da sociedade. O movimento se manteria estável financeiramente vendendo camisetas e pôsteres estampados com a imagem de seu grande inspirador: Curly, o calvo dos Três Patetas.

Bula

CORROMPIX

NOME GENÉRICO: Semancolina

APRESENTAÇÃO:
Caixa contendo 28 supositórios tamponados em tamanho *megatronic*.

USO ADULTO EM POLÍTICOS PROFISSIONAIS ENVOLVIDOS EM MARACUTAIAS.

COMPOSIÇÃO:
Cada supositório contém Semancol, Vergonhol (em solução), Neutralizador de Óleo de Peroba e mais Semancol.

AÇÃO ESPERADA DO MEDICAMENTO:
CORROMPIX deve ser guardado em lugar onde não receba luz, calor e verbas provenientes de Caixa 2. Em alguns casos, os sinais de melhora surgem rapidamente, fazendo com que o político corrupto, venal e hipócrita, transforme-se num Tiradentes em questão de horas. Em outros casos é necessário um período maior de aplicação do produto para que se dê o efeito esperado. Este medicamento só pode ser administrado no momento em que o político estiver sendo amamentado por uma autarquia, empresa privada ou órgão ligado ao Judiciário.

A interrupção repentina do tratamento com os supositórios tamponados é ALTAMENTE DESACONSELHÁVEL.

O paciente em estado de corrupção aguda poderá voltar a prevaricar, ficando resistente à Semancolina e ao Vergonhol, o que o tornará um picareta crônico ou, em estados mais graves, um consultor para depósitos em dólar no exterior.

POSOLOGIA:

Está demonstrado que 90% dos pacientes com corruptite estão infectados por uma bactéria de nome *Real avida* e que a sua erradicação reduz o índice de aparições dos estados de canalhice ou vontade incontrolável de se apropriar do patrimônio alheio.

Na prática, iniciar o tratamento com um supositório *megatronic* ao dia. Se o desejo de se locupletar prosseguir, deve-se ir aumentando as inserções, aos poucos, sem nunca exceder 17 supositórios/dia.

A duração do tratamento será de acordo com o efeito terapêutico, devendo prosseguir enquanto a porção retal do paciente oferecer condições satisfatórias de operacionalidade.

REAÇÕES ADVERSAS:

As reações adversas relacionadas com o uso de Semancolina aliada ao Vergonhol mais frequentemente relatadas foram discreta dor no local de aplicação e vermelhidão. Foram descritos raros casos de surto de benevolência, em que pacientes corruptos entregaram seus patrimônios a instituições de caridade e asilos. Mas a incidência desses casos é de 1 em cada 3.783.000 indivíduos velhacos submetidos à medicação.

OUTRAS INDICAÇÕES:

CORROMPIX está indicado para corruptos que estejam passando por processos criminais, de acareação, renúncia de cargo, quebra de sigilo bancário ou investigação junto ao FBI.

CONTRAINDICAÇÕES:

Este medicamento não deve ser ministrado a laranjas, esposas, cunhados e parentes de políticos corruptos nem a marqueteiros ligados ao paciente.

SUPERDOSAGEM:

Em caso de superdosagem, o corrupto em tratamento com CORROMPIX deve procurar a Delegacia da Polícia Federal ou a Promotoria da República mais próxima e se entregar munido de uma lista com todos os nomes de pessoas envolvidas em seus cambalachos.

VENDA SOB PRESCRIÇÃO JURÍDICA.
MANTENHA AO ALCANCE DE POLÍTICOS.

O Obrador

Na placa do restaurante, um pato segurando uma laranja, e no rodapé está escrito "Le Canard à L'Ananas". Lá dentro, pessoas que sabem usar os talheres jantam em silêncio. Olho os pratos. Mais parecem quadros de uma exposição, de tão coloridos.

Entro.

A mesa fica bem no meio do salão. Peço uma sugestão de entrada, prato principal, sobremesa, vinho. Eu entendo disso, já vi milhões de vezes os granfas em jantares na televisão.

A bichona do garçom recita o menu fazendo biquinho. Não entendo patavina.

Pergunto se a coisa é da boa. Ele se arrepia todo pra responder que tudo ali é "soberbo". Engulo a comida muito rápido, lambendo os beiços e mamando a garrafa de vinho da Alsácia. Depois, dou um arroto e peço um palito.

Vem o *maître*, com uma cara enojada, me apresentando a conta numa bandeja prateada. "Conta o caralho", digo. O restaurante inteiro vira o pescoço na minha direção. No ato, um segurança entra na casa.

Resolvo puxar a pistola e botar na goela do safardana de cabelo gomalina à minha direita. "Bem quietinhos, seus playboys embucetados", ameaço.

Vou então abaixando as calças, com a classe que o lugar merece.

E, me apertando um pouco, dou um cagalhão federal no piso de mármore. Daqueles que tolete faz trancinha. Limpo a bunda com um guardanapo de linho e saio andando calmamente pelos Jardins.

Estão me devendo arroz, feijão, filé à Camões, coxa creme, pão com mortadela, arroz biro-biro, picanha de búfala, suco de laranja com acerola, bomba de chocolate, quindim. Não tenho de quem cobrar, então vou obrar.

Churrascaria "Bombacha dos Pampas". Elegância e esmero no espeto corrido.

Vejo o letreiro de dentro do ônibus e resolvo fazer o almoço de domingo lá. Sento perto do bufê de saladas, colocando o disquinho verde em destaque na mesa. Começa o festival. "Aceita linguiça calabresa apimentada, vai o cupinzinho, javali, senhor?". Mando pra dentro tudo o que me oferecem. Até arroz branco. Pra fechar, meia garrafa de Cointreau do carrinho de bebidas.

Num salto, me instalo em cima do bufê com a pistola engatilhada.

Ouve-se um "ohhhh" e um eco do "ohhhh" ainda mais alto.

"Eu sou o Obrador!", berro.

Há um princípio de pânico no ambiente.

Pum, pum, pum. Cago em cima da salada de catalonha com *bacon*.

Sou justo. Ainda me devem muito purê de mandioquinha, churros, bife à parmegiana, feijoada, frango com creme de milho, ambrosia, goiabada com queijo, café com chantili.

Enquanto não acertam o meu lado, continuo cagando e andando.

No telejornal falam que o atentado ao pudor no restaurante francês foi obra do marginal Bunda Larga.

Povo doido.

Em seguida, uma propaganda mostra a XXI Feira de Gastronomia, recém-inaugurada num hotel fino. Carnes, aves, peixes e vegetais dos mais finos preparados pelos maiores *chefs* do mundo. Tudo regado ao melhor da produção vinífera da Europa e da América. Uma festa dessas é perfeita para mostrar a esse povo doido do que é capaz o Obrador.

Coloco o Colt Cobra, a metranca, as granadas e o vidro de Agarol dentro da mochila. Um sentimento de dever cumprido somado a um leve arrepio na nuca me invade.

Uma longa comichão percorre minha barriga. Só digo uma coisa: vai dar a maior merda.

Terror à brasileira

O presidente podia ser militar, bêbado, playboy, cientista, esquerdista, que a confusão era sempre igual, não importava como era o mandachuva.

Não tinha saída. Só restava pegar pesado.

Foi pensando assim que Jesuíno, Macaxera, Cidão e Botelho tomaram uma decisão conjunta e definitiva: fazer um atentado à la Al-Qaeda.

O plano foi traçado durante semanas numa mesinha de alumínio do bar do Neno. Aos goles de Brahma e beliscos em cubinhos de mortadela, o grupo decidiu explodir sincronicamente quatro estações de metrô: Paulista, Jabaquara, Vila Mariana e Vergueiro.

Como em Londres, usariam jaquetas e debaixo delas bananas de dinamite – Cidão era encarregado numa empresa de demolição e tinha facilidade em desviar TNT.

Por celular, falariam entre si para combinar o momento exato do disparo fatal.

Jesuíno foi escolhido o líder da ação na madrugada anterior ao atentado, por meio de uma partida de porrinha eliminatória. Ficaria na Estação Paulista coordenando os movimentos dos outros colegas-bomba.

Às 6h30 da manhã de uma sexta-feira especialmente chuvosa e de trânsito congestionado, Jesuíno se postou num ponto de ônibus defronte ao teatro de guerra. Ligou pra Botelho, o braço da Vila Mariana.

– Alô, Botelho?
– Opa.

– Tudo em cima?

– Médio.

– Como assim?

– O lotação enguiçou. Ainda tô aqui na via Anhanguera...

– Pô, avisasse, então, meu!

– O telefone não tá pegando direito, tamos num túnel faz meia hora...

– Porra, vamos ter que atrasar a parada.

– Tô no aguardo.

Jesuíno chama em seguida Cidão, posto avançado da Estação Vergueiro.

– E aí? Tudo beleza?

– Tuuuuuudo bão.

– Cê tá onde, cara?

– Eu?... Coooomo assim, tá onde?

– Chegou na estação?

– E... Estaç...?

– ...Vergueiro, rapaz.

– Hum... ic... peraí, ô, chegado... arrooooout!

Cidão exagerara de novo na bebida, já podia ser considerado carta fora do baralho. Mas o combinado ainda previa a deflagração dos explosivos com um mínimo de dois membros. Jesuíno se explodiria na Paulista, ponto nevrálgico da cidade, e Macaxera no Jabaquara. A liderança ainda faz uma última tentativa com Botelho.

– Tá a caminho?

– Tô não.

– Por quê?

– Acabaram de assaltar a bagaça aqui no túnel. Levaram as carteiras do povo e a dinamite foi no angu.

– Volta pra trás, Botelhão. Queimou o filme.

– Oquei.

O negócio agora era contatar Macaxera e executar o Plano B – duas explosões ao mesmo tempo.

– Macaxera?

– Oi!

– Tá na Estação Jabaquara?

– Aqui mesmo.

– Posição combinada?

– Em cima da pinta.

– E as bananas?

– Tô com elas.

– Quantas?

– Duas nanicas e uma prata.

Jesuíno desligou o telefone, deu um longo suspiro e entrou na estação do metrô.

Dali até o boteco do Neno eram duas paradas, sem baldeação.

No banheiro, jogou as bananas de TNT na privada e deu descarga. Ia explodir, sim. Mas de beber cerveja.

Praia do Futuro, 11 de setembro

Ainda era cedo na Praia do Futuro. Mas o sol de setembro estava estourando conchas. A caipirinha da barraca do seu Quirino aliviava a garganta.

Ronaldo deu uma golada comprida e passou o copo para Neysa. Ela era sua assistente. E, como Ronaldo era casado, aproveitaram a viagem de negócios para o encontro às escondidas, bem longe de São Paulo.

A moça loura deu um gole. Depois lançou um grito fininho, mostrando os pelos do braço eriçados:

– Ui, cachaça me arrepia todinha, ó!

Ronaldo meteu a mão nas coxas dela e puxou-a para um beijo. Exibicionista por natureza, Neysa fez uma torção exagerada, de modo a ficar com a bunda mais empinada que o natural.

A cena logo começou a atrair vendedores de redes, camarão seco, coco-verde, tapioca. Não tardaram a chegar os cantadores.

Dois caboclões pararam diante deles e, sem claquete, passaram a improvisar. Que o doutor era de São Paulo, que o doutor era importante, que o casal era formoso, que naquela praia não havia mais ninguém como o doutor, que ia começar a Terceira Guerra Mundial...

Ronaldo achou o último verso fora de contexto. Como assim, no meio das outras estrofes de pé-quebrado do repentista, saía o verso: "vai começar a Terceira Guerra Mundial"? Neysa só ria e espichava a bunda para o lado dos cantadores, nem sequer se ligando no curto-circuito poético.

Ronaldo pensou em perguntar ao Ceará o porquê daquilo, mas, já de saco cheio, preferiu estender uma nota e ver os cabras irem embora.

Voltaram para o hotel.

Neysa e Ronaldo, pele fustigada de sol e sal, foram logo entrando na ducha. Ela se agachou no box e mostrou como a comunicação não verbal pode ser eficiente em determinados momentos.

Relaxado, Ronaldo saiu do banho assobiando Vivaldi.

Apanhou a toalha, amarrou-a na cintura e foi ligar a tevê na CNN.

Nesse momento, a primeira torre do World Trade Center ruiu.

Ronaldo berrou:

– Chocante!

Neysa, ainda no box, respondeu:

– O desodorante? Tá em cima do criado-mudo!

Ele olhava o cinza-ratinho do pó subindo e não acreditava nas imagens.

– Que desodorante?! O mundo acabooou!

Ela não ouvia, a ducha era forte, dava até eco.

– Olha direito. Comprei dois vidrinhos na farmácia do aeroporto.

Pessoas pulavam da segunda torre. O apresentador da CNN descrevia a cena com voz trêmula. Ronaldo desacreditou. Deu um urro:

– Poooorra!

– Calma! Não dá pra eu pegar as coisas agora, tô no banho! – respondeu Neysa, já mostrando irritação.

Ronaldo estava chocado de tal modo que só conseguia praguejar.

– NÃÃÃOOOO, CARALHO!

Neysa perdeu a esportiva:

— Olha, Ronaldo, se tem uma coisa que odeio num cara é ele dar chilique à toa. Se você é do tipo, ME AVISA LOGO!

Depois, partiu para a ameaça propriamente dita:

— Não quero grito comigo, entendeu? Segura a sua onda que EU NÃO SOU A SUA MÃE!

E, no final, com uma voz magoada, aduziu:

— Pra falar a verdade, nem sei quem sou na sua vida. Não sou sua mulher, não sou sua namorada, noiva, não sou NADA!

A CNN mostrava o *replay* dos aviões se espatifando nas torres. A visão fez Ronaldo proferir em alto e bom som, em choque:

— VAI SE FODER!

Só agora compreendia os versos do poeta improvisador:

"Vai começar a Terceira Guerra Mundial".

Era o Apocalipse se aproximando a galope. Só não entendeu quando Neysa saiu do banho e, ainda pingando, pôs a roupa, fez as malas e voltou para São Paulo.

A CPI de Deus

Como Ele é onipresente, onisciente e onipotente, estava na cara: logo, logo seria convocado a depor numa CPI.

Presidente da CPI: O senhor jura por Deus que vai dizer toda a verdade?

Deus: Ora, francamente. Direto às perguntas, por gentileza.

Presidente da CPI: Na criação do mundo, com o Senhor no papel de Todo-Poderoso, houve algum tipo de favorecimento a grupos ou empreiteiras?

Deus: Em absoluto. No princípio, não houve nenhum problema dessa ordem. Só bem mais tarde, quando deleguei o controle das verbas aos descendentes de Adão, foi que aconteceram excessos.

Relator: Seja mais específico, por favor. Houve desvio de verbas?

Deus: Só naquele continente, a Atlântida. Mas Eu o afundei.

Presidente da CPI: E no episódio da arca? Dizem que Noé colocou animais protegidos dele no barco em detrimento de outros.

Deus: Noé era um bêbado. Mas não me envolvi na questão do dilúvio e da plantação da vinha, apesar de estar por dentro de tudo. Preferi mais uma vez descentralizar minha administração para não ser demonizado pelo Capeta.

Deputado: E o seu filho? Não seria uma forma de nepotismo Ele continuar suas obras?

Deus: Meu filho é um santo. Por que vocês não perdem essa mania de querer crucificá-lo?

Relator: Procede a informação de que o Senhor estaria por trás de tudo e de todos o tempo todo?

Deus: Claro que procede.

(Um grande *ohhhhhhh!* nas galerias)

Relator: Explique-se melhor, Senhor Deus.

Deus: Eu sei de tudo, sobre todo mundo. Mas mantenho o sigilo, evidentemente.

Deputado: O Senhor afirma que conhece tudo! E não vai abrir numa CPI? Lembre-se de que está sob juramento. Não é porque se diz uma divindade que vai avacalhar as investigações!

Deus: Ok, ok. Eu abro, então. Vossa Excelência, por exemplo, é freguês de uma cafetina aqui em Brasília. Foi lá nos dias 27, 28 e 29 de setembro. No primeiro dia ficou com a Suélen, nos outros com a Rúbia Regina. Fizeram hidromassagem e tal. Ah! E o relator ali trafica cocaína. Já o...

(Alvoroço nas galerias)

Presidente da CPI: Silêncio! Silêncio nas galerias! Guardas, prendam o deputado e o relator!

Deputado: Isso é uma calúnia, senhor presidente. Essa Pessoa vem aqui, se apresenta como deus e me calunia assim?

Relator: Isso mesmo! Quem é esse Senhor pra vir dizer que eu cometi um crime?

Presidente da CPI: Infelizmente, é a palavra de Deus contra a de Vossas Excelências. Algemas, algemas...

Amor em vezes

Milton ouviu a frase de Bia e jogou os óculos, comprados em doze vezes de 127 reais, no chão. Bia passou a surrar a própria perna da calça jeans Calvin Klein que adquirira numa ponta de estoque da Oscar Freire com um cheque pré para 60 dias.

Discutiam havia horas e o clima se acirrava cada vez mais. Milton pensou em entregar o apartamento – comprado com uma entrada de 450 mil reais e mais três promissórias de 285 mil – para que ela ficasse com os filhos vivendo lá.

Seria mais natural e ela passaria a arcar com a educação deles, 4.500 reais por filho, fora as despesas de alimentação e perua escolar, totalizando 12 mil reais.

Chegara a sondar o financiamento de uma quitinete em Pinheiros – 290 mil pelo Sistema Financeiro de Habitação –, mas resolveu esperar mais um pouco.

Nesse momento soou o interfone.

Era a pizza – meia muçarela de búfala com tomate seco, meia peito de peru ao catupiry: por 49 reais e 50 centavos, pagos com uma nota de 50 reais, com troco de 50 centavos).

Comeram em silêncio. Ouvindo apenas o som da guitarra de Django Reinhardt – CD francês, 12 euros, trazido de uma viagem a Paris com utilização das milhas da TAM – que vinha do CD player que Milton comprara no "Stand Center" pela pechincha de 400 reais, em quatro vezes de 100.

A única fala de todo o jantar foi:

– Me passa o azeite, Milton.

Ele pegou a lata de azeite Carbonell – da promoção "leve dois, pague um por apenas 37 reais", da padaria Flor do Minho

– e a colocou na frente do prato de porcelana Schmidt de Bia – pertencente a uma coleção de 35 iguais àquele e encomendados num site de utensílios domésticos que não cobrava taxa de entrega.

Após a pizza, Milton ficou vendo o jornal da noite no *home theater* novo – adquirido graças a um empréstimo no Banco Cacique, com 24 cheques de 500 reais.

Para relaxar do clima tenso, Bia preferiu usar a *jacuzzi* – comprada no cartão, em 18 vezes sem juros – e deitar na cama *king size* – três parcelas de 2.950 reais.

Lá pela uma da manhã, Milton olhou para seu relógio Omega Seamaster – à vista, em dólar, numa relojoaria de Coconut Grove – e decidiu se recolher.

Bia ainda estava acordada quando ele caiu pesadamente no colchão ortopédico importado – 3.800 reais à vista.

Num fio de voz, a mulher disse:

– Estamos muito estressados.

Ele concordou com um "aham".

– Vamos ao shopping amanhã cedo? – ela convidou.

Ele sorriu amarelo e ganhou um chutezinho na bunda.

Transaram loucamente em cima dos lençóis de seda comprados numa liquidação, com boleto bancário para dali a 30 dias.

(Des)conto de Natal

O Morro do Emborcado estava em polvorosa.

Quando entrou dezembro, Nenzinho e bando tomaram conta da boca. Os do Polaco foram brutalmente varridos do pedaço. E o mais incrível: Nenzinho contava apenas com 17 anos nas costas.

Muito por isso, apesar de todo o conhecimento nas artes do bem-traficar, ele ainda guardava um pedaço do menino ingênuo e catarrento que habitara aquelas palafitas.

A prova foi o que se deu na noite de 24 do mês.

Nenzinho andava nuns nervos descomunais. Nessa noite mandou Repinique, seu assistente de ordens, reunir toda a cambada no terreirão.

Liberou geral goró, farinha e outros breguetes. Só estranharam porque não rolava nenhum som. Quem começou a soar mesmo foi Nenzinho. Chegou na frente dos brôs e deitou falação:

– Aí, gente boa, chega essa época, fico maus. Todo mundo aqui já foi lascado. Agora tamos na fita, mas o estado de dureza machucou geral e pra sempre. Acreditei numa pá de coisa. Essa pá de coisa me decepcionou geral. Então, aí, tô só avisando. Ficar esperto que vai rolar parada diferente nesse Natal. Quem avisa, brother é!

A galera deu um "salve" desconfiado. Repinique fez sinal pra dispersar. Mandou ficar só a moçada firmeza: Toinho, Teco e Cosme Doido. Foram pra um canto do barraco receber as ordens.

– É proceis irem num shopping aí, ó. Sequestrar o Papai Noel e trazer aqui pro pedaço. São oito horas. Nenzinho quer o velho aqui antes da meia-noite – disse Repinique, olhando o relógio.

Ordem dada, ordem feita. Meia hora antes da ceia chegava o Papai Noel do shopping Campo Limpo devidamente manietado. Cosme Doido falou:

— Tem o duende e a Mamãe Noel no porta-malas. Traz?

— Traz não — replicou Repinique. — Apaga, que a ordem é só o velho.

Teco deu um teco em cada um e os largou na guia, estrebuchando.

Papai Noel foi sentado num tamborete, as vendas retiradas dos olhos.

Foi quando Nenzinho entrou na saleta. Olhou para o homem assustado, todo trajado de roupas encarnadas, e mandou:

— Lance seguinte: acreditei em tu, tá ligado? Coisa de menino, cara. Botei fé pra valer. Entrava dezembrão eu pedia pro Raimundo Celoura, lá da vendinha, pra escrever pra tu. Pedia só besteira: bola, meião, kichute. Tu alguma vez deu? Tô perguntando, velho pançudo, tu deu?

— Hofhgmfrum...

— Tira o pano da boca dele, Toinho!

— Mas, meu senhor, eu não sou Papai Noel. Meu nome é Jurandir, eu...

— Bota o pano na boca dele, Toinho!

Nenzinho estava rubro. Foi até a mesa, rasgou um papelote e chupou ventas adentro.

— Tão vendo? O cara vem aqui e diz que não existe! Seu Nicolau, muito feio mentir pras criancinhas...

Excitado com a cena, Teco engatilhou a Magnum e a encostou na cabeça do velho.

— Tu é muito porra, Papai Noel.

Foi empurrado contra a parede por Nenzinho, que deixou bem claro:

— Esse Papai Noel é meu. Só meu!

Depois deu outro berro:

– Tira o pano da boca dele, Toinho!

Na manhãzinha de 25 de dezembro, a central da PM recebe pelo rádio a seguinte mensagem da unidade que monitorava o Morro:

– Positivo operante. Cabo Olinto monitorando o Emborcado. Aguardo IML, rabecão e patrulhinha de apoio. Ao que tudo indica, fizeram uma malhação de Judas no Papai Noel. Prossiga...

Vendo crônica

Passinho à frente, não dá tempo, precisamos de lucros, está tudo à venda.

O tênis com amortecedor a gás, o carro com *air bag* no porta-malas, a camiseta com o símbolo da anarquia, a opinião do publicitário formado em Boston, os livros do sebo, a máquina de lavar louças, o seguro de vida, o título do clube de campo, a dúzia de ovos caipiras com 25% a menos de colesterol, o lugar na fila, a vaga na faculdade, a moça da esquina, o rapaz de jaqueta, o *habeas corpus*, o computador que escreve sozinho, o passe do jogador, a hora do advogado, os 50 minutos do psicanalista.

Passinho à frente, não dá tempo, precisamos de lucros, está tudo à venda.

Vendem-se imóveis, vendem-se automóveis, vende-se bala de coco gelada, vende-se cartão de pedágio, vende-se cão fila, vende-se jazigo, vendem-se bijuterias, vende-se açaí na cuia com granola, vende-se cabelo natural, vendem-se ações, vende-se pedra mineira, vendo capim-colonião, vendo rim, vendo bordados de Birigui, família muda e vende tudo.

Passinho à frente, não dá tempo, precisamos de lucros, está tudo à venda.

Aceito passe, aceito moedas, aceito dólar, aceito euro, aceito comida, aceito água, aceito cheque, aceito real, aceito cartão de crédito, aceito cheque administrativo, aceito depósito interbancário, aceito tíquete-refeição, aceito benefícios, aceito imóvel no litoral, aceito terra, aceito sobremesa, aceito mulher, aceito homem, aceito criança, aceito vaga na garagem, aceito lixo.

Passinho à frente, não dá tempo, precisamos de lucros, está tudo à venda.

Em quatro vezes sem juros no cartão, satisfação garantida ou seu dinheiro de volta, não tem comparação, novidade no mercado, use a Tabela Price, você não vai acreditar, o aniversário é nosso e quem ganha o presente é você, ofertas de arrasar, o gerente ficou louco, é nesta quinta, sexta e sábado, ofertas como essa só no ano que vem, não perca, ar-condicionado grátis, vale a pena comprar de novo, traga a família, não compre e se arrependa pelo resto da vida, condições incríveis, juros no chão, quinzena do tapete, semana do vinho australiano.

Entendeu agora o que é capitalismo?

Conselho de pai

O caminhãozinho seguia na estrada de Água Branca para Monsenhor Gil.

O pai ia dizendo ao filho, garoto de 14 anos que viajava no banco ao lado:

– Tem que ter juízo nessa vida, Josiel. Juízo é meio caminho andado. O resto é não ter medo de trabalho. Eu lhe trouxe aqui pra você ver a lida de seu pai. Há quantos dias estamos nessa viagem? Me diga!

– Doze.

– É pra você dar valor ao suor do rosto, meu filho. Fomos do Ceará ao Maranhão. De lá ao Piauí e agora estamos no rumo de Pernambuco. Sem parada. Só mesmo pra dormir e comer um bocadinho, não foi? Veja o exemplo de seu velho. Não vá se entregar a ofício ruim. Nem fique feito besta apreciando o mundo, não. Tenha coragem de meter a cara nas coisas.

– Sim, senhor.

– E, olhe, não se esqueça de que não é da noite pro dia que as coisas se endireitam. Ainda mais pra quem foi saído do chão. Pra esses a batalha é dobrada. Mas, de tiquinho em tiquinho, tudo se encaminha. É como diz a história: "Olha, olha, que devagarzinho tatu emprenhou a paca". Tá prestando atenção, Josiel?

– Tô, sim, senhor.

– Pois preste mesmo. Escutar o que os mais velhos têm pra contar é sinal de respeito, mas também de sabedoria. Meu pai me ensinou essa lição e eu lhe repasso sem cobrar nada.

– Obrigado, meu pai.

– Aprenda ainda a fazer seus serviços sem precisar da ajuda alheia. Você não viu como eu ajeitei a carga no caminhão?

– Vi.

– Botei os pacotes de maconha tudo enfileiradozinhos por debaixo dos sacos de aniagem. Aí, depois de ordenar tudo bem certinho, joguei a lona por cima e amarrei com o cordame. Se fosse botar o dorme-sujo de meu auxiliar, o lucro ia pelo ralo.

– Verdade.

– Que essa viagem com seu pai lhe sirva de aprendizado, Josiel. Repare no meu sacrifício. Coisa danada. Passando por viela, estrada velha, poeirenta, ouvindo pabulagem de polícia. Tudo pra poder despistar a fiscalização e entregar, direto e reto, na hora aprazada, as cargas prometidas.

– Sim, senhor.

– Tem seus irmãos, Deusimar, Anfrísio e Calisto, que podiam ter vindo aprender o ofício. Mas eu quis passar foi pra você. Dê valor, Josiel, e se aprume na vida que quem vai motoristar esse caminhãozão *intercooler* é tu. E não demora, viu?

– Obrigado, meu pai.

– E como é que a gente diz quando chega o guarda?

– "O que é que há, conterrâneo?".

– Com que cara diz?

– Com a cara mais limpa do mundo.

– E se ele implicar, faz o quê?

– Mostra a carteira de motorista com o dinheiro por dentro a modo dele beliscar e soltar a carga.

– Caboclo bom esse meu Josiel!

E o caminhãozinho passou por Monsenhor Gil, saiu do estado do Piauí e seguiu rumo a Cabrobó.

O Feirão

Domingão de calor, aquela televisão ligada no futebol.

Olho pro Jarley. Ele, meu m-a-r-i-d-o. Ele, pai-das--minhas-crianças. Ali jogado no sofá. Sem camisa, de cuecão, dormindo, babando. Olhei "aquilo" – santo Deus, o que é aquela barriga branca? – e rezei uma novena rápida pra Nossa Senhora Desatadora dos Nós.

Minha santinha que faz milagres, sempre me ilumina nessas horas tristes e protege nos instantes em que décadas de casamento vão pro vinagre, assim, do nada.

Pois não é que, na mesma hora, eu pego o jornal, na mesinha ao lado da tevê, e o que está lá? Nem acreditei! Era o seguinte anúncio, em letras garrafais, nos Classificados:

"Grande Feirão Conjugal – traga seu marido velho e troque por um zerinho! Na hora, sem complicação. Mas corra! É só até amanhã! Vem!".

Chutei o dorminhoco no ato. Antes, claro, me benzi e louvei a santa, que é de lei quando se presencia um milagre.

Jarley acordou assustado.

– Foi gol? Foi gol?

– Não, foi milagre mesmo.

– Hã? – disse ele, sem entender lhufas, ainda muito sonado.

Cortei logo:

– Vai tomar banho, Jarley! Anda!

Meia hora depois chegávamos ao Feirão. Era um lugar gigantesco, cheio de maridos – de A a Z. Tinha garotão, surfista, cabeludo, careca, grisalho seminovo, intelectual, burrinho/bonitinho, dava de tudo. Fiquei doidinha, mas no controle.

Estávamos ali flanando no ambiente – o Jarley com uma cara de sonso do meu lado – quando veio um vendedor até nós.

– Boa tarde. Posso ajudar?

– Como funciona aqui? – inquiri.

– É simples. Avaliamos o seu marido, chegamos a um valor e a quantia entra na troca por um novo.

– Ah, tá. Pode avaliar este aqui, então?

O homem foi até a mesa e pegou uma prancheta. Iniciou-se o questionário de praxe.

– Há quanto tempo a senhora está com ele?

– Quinze anos.

– Única dona?

– Ih! Quem me dera. Esse já era rodado.

– Já bateu?

– Se encostar a mão em mim, eu mato ele.

– Ele é firme ou instável?

– Quando está comigo não tem deslize, que eu não admito. Mas na mão de outra pessoa, não dá pra saber, né?

– Potência?

– Era parrudo no começo. Hoje afrouxou bastante.

– E quando é solicitado, responde bem?

– Vive rateando comigo.

– Carroceria?

– Isso eu tenho que admitir: está uma podreira.

O vendedor anotava tudo. Depois foi até o Jarley, mandou abrir a boca e olhou bem lá dentro. Pediu que levantasse a camisa e fez apenas um comentário:

– Judiado, hein?

Só então veio o veredito:

– Dá pra trocar por aquele ali, ó – disse ele, apontando outro homem na extremidade do salão.

Em resumo, o cara não fazia em nada o meu gênero. Era trocar seis por meia dúzia. Voltei com o maridão pra casa, sem realizar o negócio. Peguei apenas um cartão da revenda. Mas já decidi: vou trocar, em breve, o Jarley por um modelo mais esportivo. Desde que não ronque muito.

Discutindo a relação

Osmir,

Depois da conversa franca que tivemos ontem à noite, nem sei por que estou deixando esta carta. Talvez como um marco: a última tentativa de começarmos tudo, a partir de hoje, do zero. Duas pessoas, dois destinos que se cruzam agora, como se nunca tivessem se trombado na vida, reiniciando um relacionamento novo, novíssimo em folha.

Ontem, já na quarta dose de caipirinha, percebi que tínhamos ido longe demais. Fomos falando, falando pelos cotovelos e acabamos ouvindo o que não queríamos. Agora, já recuperada da ressaca daquela maldita vodca paraguaia, ainda ouço o eco das revelações. Parece um prego batendo em minha cabeça.

Dou exemplos.

Quando é que eu ia imaginar que, naquele fim de semana do meu aniversário, você mentiria que ia ao escritório pra dar uma festinha no sítio, Osmir? Claro, já seria grave blefar que ia trabalhar e não ir, mas você extrapolou. Contratar anãzinhas, vesti-las de freiras e colocá-las servindo bebidas e salgadinhos a seus convidados – nus – foi muito além da conta.

Eu, em casa, sozinha, e essa maluquice toda em nosso refúgio campestre!

Tudo bem, como eu disse no papo de ontem, também nunca fui santa. Nesse dia mesmo, você não voltava do "escritório", eu quis me dar um presente. Como já tinha uma queda pelo seu Juarez, o encanador do prédio, dei um fogo nele – usei a sua garrafa de *malt* – e fizemos sexo no box. É evidente que me arrependi. E tive receio de transformar o episódio com aquele homem tosco em algo afetivo, sentimental.

Foi então que, para neutralizar o erro, na mesma tarde, ainda dei para o zelador, para o garagista e para o síndico do nosso edifício (lamento dizer que essa segunda parte foi coletiva e em cima da nossa cama. Mas prometemos ser sinceros um com o outro, não foi?).

Acho fundamental separar as coisas: o meu coração é só seu. Você sempre soube e sentiu, Osmir. E não vai ser uma tarde em que transei com quatro brutamontes que vai mudar isso.

Boa parte das confissões feitas por você na conversa eu já perdoei, saiba disso. Cheguei a achar boba a história de você ter transado com a minha irmã na sala de visitas, sendo observado pela minha mãe, minha madrinha e pelo time de *badminton* delas.

E, confesso, fiquei com a maior vontade de rir quando você admitiu – todo sério – ter feito sexo com minha professora de ioga tântrica – ela é tão estranha, coitadinha. Fiquei imaginando a cena, vocês dois se pegando em cima daquela minha esteira completamente desconfortável...

Francamente, Osmir, você é hilário às vezes.

O *affair* que você mencionou com minha tia-avó também é irrelevante. Ela precisava se divertir e você foi um pouco além do meu pedido, que era apenas levá-la ao Baile da Saudade. Até aí, tudo bem, um favor em família.

Mas quero deixar registrado aqui uma coisa muito importante. Eu nunca, NUNCA vou te perdoar por ter assediado a Laika durante o cio dela.

Beijo da sua Neide.

O segredo do Morro do Urubu

Foi há muito tempo no Morro do Urubu, região de boa aguada no Alto Itapecuru, próximo a Pastos Bons.

Zezão e Chico Tapioca faziam parte do bando de Mandacaru e Maria Surra-Homem – um dos mais perigosos já vistos no ramo maranhense do cangaço nordestino. Os dois foram mandados pelo chefe para o Morro a fim de pastorear uma carrada de jegues pertencentes à cambada.

Subiram lá com a tropa de muares, num calor de 42 graus, e por ali foram ficando até segunda ordem. Na carga levavam cinco arrobas de carne de sol, farinha de puba, rapadura e duas metralhadoras Hot Kiss armadas até a tampa.

Durante semanas os jegues pastaram placidamente no que sobrara de vegetação. E, aqui ou ali, um dos cangaceiros matava uma cascavel ou uma caninana que vinha com más intenções para cima dos burrinhos.

O calor aumentava dia e noite, a falta do que fazer, idem.

Numa tarde daquelas em que o solão é capaz de fritar um ovo por cima de uma trempe, Zezão e Chico Tapioca foram se banhar na cachoeira dos Fortes.

Zezão arrancou os pentes de bala do peito, atirou o embornal e as perneiras para longe e se meteu debaixo da água gelada.

– Éguuuuua! Eita porra fria do cão!

Chico ficou de fora, mirando calmamente o companheiro se refrescando. Ficou assim por um bom tempo, palitando-se com um espinho de mandacaru. Depois, de supetão, falou:

– Zezão, vou pegar em teus quartos...

O outro cangaceiro não ouvia nada, a água lhe caindo aos borbotões por cima do rosto barbado. Chico Tapioca foi entrando de roupa e tudo na queda d'água. E, sem cerimônia, pousou a mão ossuda e calejada bem na nádega do colega de criminalidade.

Zezão tirou a cabeça do jorro e, olhando fixamente para Chico Tapioca, disse apenas:

– Oxe!

Pouco se sabe o que aconteceu entre esse dia na cachoeira e a criação do novo bando de Zezão e Chico Tapioca. O que se viu mais tarde – dito por volantes, coronéis locais e outros bandoleiros – foi o surgimento do primeiro grupamento pansexual do cangaço: o bando de Cabra Loura e Zé Qualira.

Conta-se que o novo grupo chegou a ter 60 membros e todos ficaram conhecidos como sendo "cabras vinte e quatro".

Baitola, Pemba Frouxa, Mané Roscoff, Bicha Ruim, Frescura, Joaquim Caralha, Zeca Furta-Macho e Prefumado infundiram pânico e terror por décadas nos cafundós.

Os matutos do Itapecuru lembram-se de que a primeira investida foi contra os ex-chefes Mandacaru e Maria Surra--Homem, numa clara demonstração de força, poder e baitolagem. Vestida com gibões cor-de-rosa, alpercatas púrpura e chapéus de couro de veado, a cangaceirama de Cabra Loura e Zé Qualira montou cuidadosamente a emboscada na calada da noite.

E, no dizer de um dos participantes do massacre, hoje um tiozinho entendido: "A-RRA-SOU o bando de Mandacaru!".

Daí pra frente a fama do grupo se espalhou pelo sertão. Há quem diga até que o casal chegou a tentar que Padim Ciço, em pessoa, oficiasse sua união na matriz de Juazeiro do Norte. Mas, poucos dias antes do matrimônio, uns macacos – disfarçados de mascates vendedores de batons e colônias francesas – debelaram o que restava deles.

No enterro, Bicha Ruim cantou e tocou nos sete baixos o tema favorito da lendária dupla:

"Não se deve amar sem ser amado
É melhor morrer crucificado
Deus nos livre das mulheres de hoje em dia
Desprezam o homem só por causa da orgia"

Rodízio de amores

– ...eu sei, o lugar não é muito adequado, mas...
– Não tem nada, acho bom ser aqui, bastante gente...
– É, bastante gente.
– Hum, hum.
– Olha, vou ser bastante direto com você. O que eu penso que está havendo entre a gente basicamente é um conflito de personalidades. Nada do que você apontou como sendo – qual foi mesmo a palavra que você usou? – "esgarçamento"...
– Linguicinha calabresa apimentada?
– Põe uma pra mim, por favor.
– Sabe, esgarçamento no nível físico, quase assim uma...
– Eu também quero uma, por favor...
– Vai a passadinha ou mais ao ponto?
– Ao ponto.
– Linguiça ao ponto, é? Mas...
– É. Essa é uma das coisas que mudaram e você não notou. Eu agora como carne de porco, malpassada.
– Puxa, mudança mesmo. Talvez seja por isso a nossa crise. Você pode estar achando que eu devia te dar uma atenção especial e eu não estou dando. Quer discutir mais a fundo isso?
– Você costuma racionalizar sempre assim, não é?
– Bom, eu...
– Olha os guaranás. O do senhor é o normal ou o *diet*?
– Deixe os dois aí mesmo, a gente pega. Como eu ia dizendo, eu...

— Gelo e laranja?
— Sem nada, por favor.
— Espera! Você perguntou se eu queria gelo e laranja no guaraná? Olha aí o autoritarismo de novo. É impressionante. Ei, traga gelo e laranja pra mim, moço, por favor.
— Sim, senhora.
— Você está irritada. Talvez fosse melhor a gente fazer um almocinho banal e deixar pra falar melhor sobre nós mais tarde. Além do mais, o assunto não combina nada com cupim e arroz de carreteiro.
— Você quer liderar o processo até nisso, né? Vai me dizer a hora que eu tenho de falar ou parar de falar? Sou eu que sei se posso, ou não posso, discutir um assunto indigesto com a boca cheia de picanha!
— Tá bom, então. Agora, quer saber o que eu penso na real?
— Fala, fica à vontade pra falar...
— *Tender* com abacaxi, senhora?
— Fala! Agora, fala!
— Tender com abacaxi, senhora?
— Obrigada, obrigada... Agora, diz, vai!
— E o senhor, *tender* com abacaxi?
— Vai, põe uma lasquinha aí.
— Só do *tender* ou do abacaxi também?
— Só o *tender*. Bom... hã...
— Tá bom esse pedaço?
— Tá beleza.
— ... complete o seu raciocínio brilhante...
— Olha, tudo isto está acontecendo, a gente brigando ridiculamente nesta churrascaria meia-boca, porque acabou. C'est fini. A gente não tem mais química. E, sem vida sexual, não dá pedal.
— Você não me ama mais, seria isso?

– Não confunda as coisas. Amor é lei, sexo é invasão. Lembra da música?

– Acabou, seria isso?

– A última vez que a gente transou foi na final da Copa do Mundo.

– Não, não, não! Foi na final da Libertadores.

– Não, senhora, foi na Copa. Interrompemos, inclusive, pra ver o capitão pegar a taça. Já tava mal a coisa.

– Então posso considerar este almoço o fim da gente como casal, seria isso?

– Olha, eu acho que...

– Satisfeitos? Está faltando alguma carne? Sobremesa? Cafezinho? Balinha?

O depoimento

Sim, doutor, eu tava com a Robby. Fizemos o desfile direitinho, como a dona Silvana mandou. Foram passando as moças. Prazer, Alexandra. Olá, sou a Dri. Vi que ele escreveu meu nome na folhinha: Rê. Só fiquei meio puta porque foi bem na hora que eu ia fumar, mas tenho a filha lá em casa esperando fralda, leite. Suíte 9. Abajur. Conhece a casa? Primeira vez? Aham. Vou tomar um banhozinho antes, tive um dia. Tem chinelo, toalha e sabonete em cima da pia. Estranhei quando ele deitou, a pele seca, branca, branca, branca. Era tiozinho, careca, executivo, sabe? *Oh what a night for dancing.* Passei os cremes. Ele gemia tanto, parecia que tava apanhando. Tá tudo bem? Aham. *We're gonna laugh and dance half the night away.* Só falava aham. Vou caprichar nessa coluna, tá tudo duro. Trabalho estressante pra dedéu, hein? Olha esse nó! *Girl, I'm gonna take you home.* Alto o som? Em absoluto. Não tá calor? Vou mexer no ar. Aham. Meninas, deixem pra fazer a massagem tailandesa com dez minutos de sessão. O freguês relaxou, vocês aplicam o creme. *Stick plenty love to you.* Homem velho, micado, melhor esquentar de vez a parada. É barraca armada, fuque-fuque, cuspiu e fim de papo. A menina em casa com os primos menores. E se mete a testa na parede, quem leva no PS? E se atravessa a pista sem olhar pros lados? E se pula da laje? Comecei a deslizar em cima das costas branquelas. Sussurrar bobagem na orelha, doutor. Safado, sem--vergonha, casado, né? Aham. Então, meninas, só depois desse aquecimento é que vocês partem pra parte apimentada. Tudo a seu tempo. *Then around about two, tell you what I'm gonna do.* Você se parece com um ator de cinema. Só uma barriguinha de chope, mais nada. Aposto que tá doido pra fazer uma loucura comigo. Aham. E se abre o armarinho de remédios e toma uma caixa de anti-inflamatório? E se liga o gás do fogão? E se pega fogo na casa? Você quer me pegar, seu lobão. Quer ou não quer? Aham. *You're my million dollar baby. My pretty sexy lady oh.* Conhece o sistema da casa? Manual incluída, oral 100, completinha 200. Aham. Na hora do sexo, meninas, vocês combinem antes o valor com o cliente. Quis cabelo, barba e bigode. Fui com vontade. Pra acabar depressa, doutor. Alô, Rê, a tua menina baixou UTI. Tombo feio. Tá com uma boceta na testa. Fala que quer me engolir. Fala! Fala logo! *We're gonna scream and shout while the music plays.* Parou de dizer aham? Por quê, não tá gostando, não? A pele fria, fria, fria. É perceber as vontades do cliente e satisfazer dentro de certos limites. A casa não se responsabiliza por eventuais excessos. Vou mexer no ar. Alô, vou mexer no ar, alô! Comecei a perguntar e sacudir ele, sabe? Fala comigo, seu desgraçado! Ele só ficava parado, olhão vidrado. Outra coisa importante: não aceitem cheque. *Oh what a night for romancing.*

Proverbiando

Não foi por falta de aviso. Ele cansou de ouvir: o que nunca se começa, nunca se acaba. Ficar aí feito pedra que muito rola, sem criar bolor, não vai levar a lugar nenhum.

Por outro lado, ponderava: o que tem de ser, não precisa empurrar. Ninguém é feito peixe, bicho besta, que morre pela boca. Nada disso. Pelo andar dos bois se conhece o peso da carroça.

Não é o pica-pau que nem machado tem e come as abelhas? Pois então. Perdido por mil, perdido por mil e quinhentos.

O negócio é que raposa cai o cabelo mas não deixa de comer as galinhas. Rabo de saia é sempre precipício para os homens. Pra ele, então, tudo que vinha na rede era peixe.

Desconhecia que o bonito é absurdo. E, desconsiderando que feijão é esteio da casa, fez a cama pra outra deitar.

No fim, quem pariu Mateus que o embale. Quando a cabeça não regula, o corpo padece. A sorte é que o diabo quando tem fome come moscas.

E ajuda os seus. É como ele costumava repetir: "Ah, meu amigo, preferível ser sapão de pocinho que sapinho de poção... Vá dar no boi que tem couro grosso! Que velhaco não engana velhaco".

Sabia muito bem que faca na barriga dos outros não dói. Assim como formiga quando cria asa quer se perder. Com tudo isso em mente, ainda insistiu em seguir adiante para beber água limpa. Galo de sangue no olho e na crista não dá com o bico no chão.

E foi indo. Cansado de ser peru de fora, que toma tabaco e vai embora. A sorte é que guardado está o bocado pra quem o há de comer. Ainda bem que pra tudo Deus dá jeito.

Foi daí que prorrompeu o aguaceiro. Muita chuva, como não se via desde o tempo da monarquia. Chuva com sol, casamento de espanhol; sol com chuva, casamento de viúva. Todo tipo de dilúvio.

Mas ele não temeu: é no atoleiro que se conhece o cavaleiro.

Estava mesmo sempre às vésperas de coisa nenhuma, nada a perder.

Quem está na chuva não é pra se molhar? Tinha aprendido na vida que honra é de Deus, não é do homem. Do homem é a coragem.

Acontece que boi sonso, marrada certa. Bem com Deus, bem com o diabo.

Saiu da chuva e retornou, em cima das pegadas, para casa.

O cavalo procura sempre voltar à querência.

Pois quem tem cu tem medo.

Josué

Josué é um mosquito da dengue.

Vive no Rio dentro de uma câmara pneumática jogada na garagem de um sobradinho em Ramos. Não tem do que se queixar, o Josué. Ficou seis meses em estado larval. Caiu uma chuvinha, o governo não jogou veneno e ele nasceu. Depois de uns dias de resguardo, a mãe de Josué explicou a missão dos *Aedes aegypti* no mundo.

– Não sabemos de onde viemos nem pra onde vamos. Mas pra onde os outros vão, nós temos certeza, filho...

– Pra onde, mâmi?

– Pro Miguel Couto. Ou pro cemitério São João Batista.

Josué teve uma infância relativamente tranquila, mas sua adolescência foi complicada. Entrou em conflito com os pais, que o obrigavam a sair picando os outros. Josué acreditava que aquilo era reacionário demais, queria ser uma muriçoca comum, e não sair infectando os outros. Mas a influência da família terminou fazendo com que ele assumisse o seu lado mais tradicional.

A primeira picada foi numa velhinha no piscinão de Ramos. Josué teve pena, a velha dormia de boca aberta. Mas tratava-se de uma oportunidade única: em boca fechada não entra mosquito.

Além do mais, a senhora tinha passado dos 80 anos, já tinha vivido uma bela história. Também se lembrou da cara do pai ameaçando-o de expulsão do *Goodyear* da família. Foi lá, picou e gostou. A coisa dava uma certa adrenalina, excitava.

Quando ele chegou para picá-la, quase foi atingido por aquela enorme palma da mão. Por pouco não acabou esmagado em cima de um pescoço pelancudo.

Josué começou a gostar da brincadeira.

Depois de alguns dias, já tinha passado dengue para centenas de pessoas. Se continuasse assim, em breve seria um inseto ISO 9002. Com foto de "Aedes do Mês" no pneu e tudo.

A carreira de Josué poderia ter sido brilhante se ele não tivesse cruzado com Joselita – a pernilonga mais tesuda de Ramos. Como bom brasileiro, Josué era de estatura mediana, gostava muito de fulana, mas sicrana era quem lhe queria. Ou seja, Joselita esnobava Josué. Bom, água mole em pedra dura tanto bate que a pedra confessa. Josué, indiferente à indiferença, iniciou a corte.

Primeiro, deu uns sobrevoos criativos na frente dela. Depois, pra mostrar sua coragem, teve a ousadia de picar um funcionário do Ministério da Saúde que jogava veneno em Duque de Caxias. Como nada surtia efeito, resolveu apelar: disse à musa que, se ela não se entregasse, ele cheiraria uma espiral de Baygon.

Joselita e Josué agora estão casados. Têm 18.717 filhos e quase 50 mil netos.

Josué não virou um mosquito-padrão, mas acabou se transformando num reprodutor respeitadíssimo no Rio e na Baixada Fluminense. Joselita dá à luz uma mutuquinha por minuto. Basta ver um vaso com água que vai até lá e bota um monte de ovinhos.

A comunidade *Aedes* fluminense não cansa de render homenagens ao fértil casal. Mesmo assim, Joselita e Josué estão pensando seriamente em deixar as crianças no Rio e se mudar para São Paulo.

– É mais cosmopolita – defende Joselita.

Um velório no sítio

A caminho do interior de São Paulo, resolvi pegar uma estrada vicinal para evitar pagamento de pedágio. Por causa das muitas curvas seguidas na via estreita, me senti enjoado e tonto.

Foi quando percebi a placa: "Sítio do Pica-Pau Amarelo".

O pensamento seguinte foi: "paro, lavo o rosto, tomo um suco e retomo a viagem". Foi o que fiz.

Estacionei o carro num grande terreiro, mas fui logo estranhando o silêncio. Apesar de estar no campo, mesmo um estabelecimento comercial de beira de estrada dos mais reles costuma ter fregueses. Ali só se ouvia o zunir das moscas. Segundos depois, tomei um susto enorme. Vi-me diante de um porco gordo, afeminado, muito histérico e aos prantos.

– E agora? Quem é que vai proteger a porquinha aqui da monstra da Tia Nastácia? Quem? Me fala, bonitão!

Julguei ser aquela pantomima uma imitação extremamente sexista do Marquês de Rabicó. O que não fazem as agências de promoção hoje em dia...

Meio cambaleante, ignorei o homem trajado de suíno e entrei no saguão.

Veio sobressalto maior ainda.

Sobre uma enorme mesa jazia, mãos cruzadas sobre o peito, ninguém menos que a macróbia Dona Benta – não tão macróbia assim, já que estava mortinha da silva. Em volta do célebre cadáver, pranteavam Visconde de Sabugosa, Tia Nastácia, Doutor Caramujo, Emília e a Cuca.

Pisquei os olhos seguidamente, tentando sair de algum possível transe. E, como nada se alterou, belisquei firmemente meu antebraço.

A cena não mudou. Foi então que o Visconde de Sabugosa, em pessoa e espiga, vendo minha estupefação, se achegou.

– A pobre senhora não suportou o baque, ai, ai, ai...

Ainda estranhando o fato de um boneco feito de sabugo de milho me confortar, perguntei:

– Mas qual foi a causa da morte, senhor Visconde?

– Tristeza, forasteiro, muita aporrinhação da vida...

Diante de minha expressão de surpresa, o milho humanizado se explicou.

– O sítio ia bem. Depois daquele seriado na tevê em rede nacional, ficou melhor ainda. Mas os olhos de Pedrinho cresceram e ele quis transformar isso aqui numa Disney World. Afundou-nos em dívidas...

– Que pena – eu disse num fio de voz.

– O problema foram os agiotas – disse um Sabugosa de olhos lacrimejantes. – Começaram a perseguir Pedrinho e ele teve que se refugiar no Paraguai.

– Não sem dar três tiros na cara do Saci – grasnou Emília de dentro do velório.

– Cala a matraca, boneca mal-educada! – ralhou o Visconde.

Minha curiosidade só aumentava.

– Mas e a Narizinho? – perguntei.

O Visconde suspirou.

– Depois que se divorciou do Príncipe Escamado, perdeu o título de Princesa do Reino das Águas Claras. Aí então...

Minha boca se entreabriu.

– ...virou crente. Hoje é a Bispa Lúcia. Isso acabou de matar a velha, que era tão católica... ai, ai, ai...

Nesse momento entrou no recinto o exageradamente maricas Marquês de Rabicó. Continuava chorando e gritando, só que agora portando uma gilete:

– Ai, gente, não dá mais! Quero morreeeerrrr!

Tia Nastácia perdeu o controle. Saiu correndo atrás do Rabicó, vassoura em riste.

– Ai, seu porco bicha, eu te jogo no caldeirão de feijão. E é já!

O velório continuou. Agora com o merecido silêncio.

Testemunhais

Certos testemunhais de sites de relacionamento fascinam mais que muito livro de alta literatura. Para mim, a leitura deles começou a ser de tal maneira obsessiva que passei a colecioná-los. Veja alguns:

Pitoco, saiba, Pitoco, que um Pitoco só pode ser um Pitoco se não tivesse existido nenhum outro Pitoco. Pitoco é um só na superfície da Terra. Ai, Pitoco, eu não canso de repetir: Pitoco, Pitoco, Pitoco, eu te amo, Pitoco. E se nessa vida não existisse Pitoco, um Pitoco eu inventaria, viu, Rogério César?

Cara sensível o Alaor. Escritor, poeta, delegado responsável pelo setor de Disciplina e Ordem dos presídios de Espírito Santo, trata-se de um amigo pra todas as horas. Mas o que mais chama atenção no Alaor é o pioneirismo. Quando servimos no Segundo Pelotão de Infantaria Motorizada, ele deu o primeiro curso de manicure na selva já ministrado na Amazônia. Durante o dia a tropa desarmava minas, fazia exercício de tiro e, à noitinha, aprendia com ele a tirar cutícula, passar base e escolher o melhor tom de esmalte para as unhas dos recrutas. Bons tempos, aqueles de caserna. Alaor, você não existe!

Maria de Lourdes: eu guardei dentro de mim, todos esses anos, algo muito importante pra escrever bem aqui. É um espacinho pequeno pra dizer algo que – quase durante duas décadas de ansiedade, sofrimento, medo – eu trouxe calado em mim. Maria de Lourdes, eu mal consigo teclar o computador. Meu corpo treme, minh'alma está arrebatada, não há um pelo de meu corpo que não esteja, neste momento singular, completamente eriçado, tamanho desejo de dizer a você, minha querida, que (EXCESSO DE CARACTERES, FAVOR REDIGITAR E DAR "ENTER").

O Tóti é o melhor professor da facul. Nunca vou esquecer o dia em que ele comparou Deus a um omelete de gorgonzola na aula de Metafísica II. Ou da aula em que transformou A Montanha Mágica, do Thomas Mann, numa equação matemática e resolveu o conflito final do livro elevando o personagem central ao quadrado. Irado!

Dora... você pra mim... olha... meu Deus, é tão difícil te definir. Sei lá... às vezes me vem uma ideia... uma pálida noção... do que seria... a pessoa... Dora. Talvez... o que eu... pudesse... assim... dizer de você. Ah, seja o que Deus... quiser...

Vou dizer... o que... acho numa frase... e pronto. Lá vai: Dora... você... é... a pessoa mais... reticente... do mundo...

Amaury: quer saber? Vai se foder, que eu não sou veado.

Aluga-se espaço aconchegante

– Alô? Por favor, é daí que estão alugando um útero?
– Viu nos classificados de Negócios e Oportunidades? Ao lado do anúncio do homem que está trocando a carótida por um casal de curiós?
– Isso, isso.
– Então é aqui mesmo.
– Agora me diga, como é o seu útero?
– Ah, muito acolhedor. Até hoje meus inquilinos só falaram bem dele.
– Espaçoso?
– É um útero dúplex. Dois ambientes completamente independentes. O de baixo, em L, pode ser usado como *living*. Em cima fica o dormitório.
– A vizinhança é...
– Sob controle. O único problema é quando tem ensaio das trompas. No mais, é um sossego.
– Qual seria o valor do aluguel?
– Econômico ou *flat*?
– Como?
– Explico. O aluguel *flat* tem serviço de hotelaria. O senhor não precisa se incomodar com nada. Estarei à disposição 24 horas por dia. Qualquer coisa, basta que me dê um chute na barriga.
– E o econômico?
– Se o senhor me chutar, devolvo o chute. Mas o útero é o mesmo. Para o *flat*, cobro dois e quinhentos mil por mês, o econômico é a metade. Fora o condomínio.

– Condomínio? Por acaso o seu útero tem porteiro, *playground*, piscina?

– E o senhor acha que, com esse arrocho da economia, eu tiro minha margem de lucro de onde? Cai do céu?

– Justo, justo. Outra dúvida: se um inquilino precisa ocupar o útero por mais de nove meses, ele tem opção de compra?

– Teria, em termos. Mas geralmente a proprietária consegue o alvará de despejo alegando ao juiz que vai usar o útero para fins particulares.

– Que tipo de fins particulares?

– Eu lhe garanto que usar pra salão de festa é que não é, meu senhor.

– Seu útero está vago no momento?

– Está vago.

– Então, como poderíamos formalizar contrato, essas coisas?

– Basta o senhor vir até aqui e assinar a papelada.

– Irei à tarde.

– Desculpe perguntar, mas o útero é para o senhor mesmo ou pra outra pessoa?

– Eu mesmo vou morar. Após anos de análise, concluí que nunca deveria ter saído de um útero. O mundo aqui fora anda afetando bastante os meus nervos, sabe?

– Muito bem. Aguardo o senhor para a assinatura do contrato.

– Perfeito.

– Até logo.

– Até. Ah, só mais uma coisinha: daqui pra frente, posso chamá-la de mamãe?

Biografias possíveis: Adolfo Castro

Adolfo Castro sempre foi um intelectual independente. Para obter tal condição, nos anos 60, estudou Filosofia na USP e no Mackenzie concomitantemente. Levava pedrada da esquerda e da direita nas batalhas da Rua Maria Antônia, mas orgulhava-se de sua condição ímpar.

Quando Jean-Paul Sartre veio ao Brasil, em 1960, Castro foi para a porta do hotel do pensador francês saudá-lo com admiração. Mas ostentando uma camiseta onde se podia ver uma enorme foto do ditador Fulgêncio Batista.

Adolfo Castro acreditava com tais gestos estar promovendo uma saudável polêmica, "benéfica para a humanidade", apregoava. Mas o que conseguiu mesmo naquela manhã foi tomar um couro dos membros do Comando de Caça aos Comunistas. Mais: que o pai do existencialismo lhe apagasse violentamente um cigarro Gauloises no "derrière".

Anos mais tarde, em plena ditadura militar, Adolfo defendeu veementemente as Forças Armadas. Com uma condição: que elas adotassem uma cota mínima para recrutas homossexuais. Resultado: foi, ao mesmo tempo, ameaçado de morte pela guerrilha urbana e torturado nos porões do DOI-Codi.

Alquebrado, partiu para o exílio europeu nos anos 70. Permanecia seis meses na comunista Moscou, seis meses na capitalista Londres. Na União Soviética, como hóspede do dissidente Solzhenitsyn. Na Inglaterra, num quartinho na sede do Partido Comunista.

Logo o governo britânico considerou-o *persona non grata*. Já o governo russo, suspeitando que ele fosse um espião a serviço de Sua Majestade, a rainha, o encaminhou para um longo degredo em Cuba.

Na Ilha, cortava cana durante o dia e, à noite, gerenciava a primeira casa de tolerância de Havana. Descoberta a sua duplicidade antirrevolucionária, foi mandado para uma prisão em Santiago de Cuba.

Um ano depois, numa espetacular fuga – metade numa jangada, metade num transatlântico grego –, chegou a Miami.

De lá, voltou ao Brasil.

Hoje Adolfo Castro é professor universitário em Brasília. Sua tese de doutorado foi sobre o marxismo em Paulo Coelho. Graças a seu extenso currículo na área política, também presta consultorias. Atualmente, seu escritório planeja a comunicação institucional do PC do B e dos Carecas do ABC.

Fluxo de inconsciência

Um poste! Melhor ainda: um poste, uma gostosa e um mendigo bom de se mijar em cima. Porcaria de coleira, essa. Mas que se vai fazer? A gente engana daqui, engana dali e vai se segurando. Ração, osso, vacina pela hora da morte. O Arnaldo economizando até em banho, agora deu pra usar sabão de coco em mim. Sem contar que, depois da ida da casa para a quitinete, deu o Rex, o Tiga, a Diana e o Snoopy. Nem dá pra me queixar, porque sou um sobrevivente.

Mais deprimente é ver bichano aí imitando a gente. Abdicando do orgulho e da personalidade, pra poder garantir o seu leite de cada dia. Coisa degradante olhar esses gatos todos babando e balançando a cauda pro dono. Por isso, vai se levando a coleirinha, os babacas jogando essas bolas idiotas pra gente trazer de volta pras mãos deles. Não tem muita saída.

Só um instante, deixa eu dar uma xixizada aqui no poste. Aaaah, coisa boa urinar quando se está até a tampa de vontade.

Tesão essa totó, agora vi melhor. Meio peruinha, tipo Penélope Charmosa. Lenço com as cores da França no pescoço, é *bichon frisé* com certeza, a fresca. Cheiro bom de fêmea. Vou me escarrapachar todo nela já, já, ah, isso eu vou, eu...

Caraca! É você pensar em ter um prazer e nego já vem te puxando a guia. Tem coisa mais desagradável? Pô, Arnaldo! Queria ver se eu fizesse isso quando tu estivesse com os teus rolos. Fico lá deitado no tapetinho do lado da cama, na boa, vendo ele pegando a mulher, a amiga da mulher, a prima da amiga da mulher. Presta atenção num treco: a gente é irracional, mas enxerga. Se eu fosse uma árvore da felicidade ao pé da cama, não teria grilo. Só que eu sou o companheiro animal do cara. Eu merecia mais do que alimentação, *pet shop* e coleira antipulgas. Merecia respeito com as minhas fuças.

Espera, espera, espera. Agora me concentrei. Hummm! Que lambrecada perfeita em cima da graminha. Saindo durinho, retinho, hum... Pra essa ração vagabunda que o Arnaldo me dá, até que eu tô com as tripas em dia.

Olha só a *bichon* vindo solta da coleira. Andando, trotando, rebolando, sapateando. Cena perfeita, parece um quadro. Linguinha úmida de fora, unha manicurada, malemolência. É fatal, se se sacudir é minha. Um, dois, três: pulgas voando prum lado, pelos pro outro. Sa-cu-diu-se! Ô, cena meiga!

Eu vou subir nessas ancas nem que a vaca tussa. Arnaldo fumando, com aquela cara de "como vou pagar o condomínio e a escola do garoto", hora de a onça beber água.

Vida canina é osso duro de roer. O lado bacana é o descompromisso com a etiqueta social. Depois dos clássicos sinais de aceitação mútua, já podemos ir passando para a prática propriamente dita. Sem entrar em salamaleques, xavecos, torpedos ou outras ridículas convenções humanas. É o famoso "é nóis no cio".

É por isso que vou já pegá-la de jeito e animar logo a festa.

Se o Arnaldo me desse cinco centímetros a mais de coleira, seria lindo. Ô, vida imperfeita. Ela se postou de um jeito maravilhoso, mas a besta me mantém tensionado. Opa! Liberou a coleira, agora vou pegar a cadela e: casinha de madeira feita à mão dentro tapetinho artesanal dia de sol na sombra do domicílio próprio barriga cheia eukanuba raças grandes vitamina ossos de cartilagem dentes rijos passeio solto no meio do bosque marrecão quém quém quém pata aponto a pata tiros chumbos na mata vai fox vai pegar a porra da marreca chafuuuurdo chafuuurdo chafuuuurdo marrecão na boca afago carne afago carne afago osso goela osso tosse afago o mundo é dos terrier sol folhas ramagens vento nas fuças mundo bom do cão.

Eu, Texto

Eu sou, por assim dizer, o Texto. De certo modo, porque por trás de mim há um autor. Com minúscula, mesmo, vocês entenderão melhor em meu narrar e pontuar – e este autor prefere me manter como Rascunho.

O meu autor, com o perdão da palavra, é um volúvel. Obriga-me a ser uma narrativa realista do século XIX, criando enredozinhos novelescos e finais felizes. E eu, mea culpa, acabo me acostumando a seus infindáveis momentos aristotélicos, confesso.

Todos nós sabemos que os de minha laia gráfica nunca comandam as ideias de seus idealizadores, não passamos de signos, como afirmava um desses linguistas esquecidos. Contudo, a trama, as personagens, a intenção desta prosa *fin de siècle* são tão óbvias, que eu mesmo começo a influenciar minha própria escritura aqui.

O autor vive me repetindo, só mudando um detalhe ou outro em meu corpo antigo e modorrento. Bom, aí geralmente vem um período de ressaca. Fico quietinho na gaveta semanas, meses. Uma bela madrugada lá vem ele, animadérrimo, cheirando a conhaque, com novas e revolucionárias tendências para enxertar em mim. Leu uma crítica sobre Lautréamont no caderno dominical de cultura e resolve partir finalmente para a escrita automática.

Ai, meu saco, tem coisa mais tediosa que autor bancando o André Breton nos dias de hoje? E fazem-no como se estivessem recebendo um santo, tamborilando no teclado com força. Aí eu me pergunto: tanto som e fúria pra escrever um ultrapassado tratado sobre o nada? Ou, mais textualmente falando (ou escrevendo): para redigir sem rumo é preciso ser um sem rumo?

Tudo bem, sou algo destinado a receber passivamente um código, fazer meu papel, achar meu lugar em meio ao papel. Todavia, mesmo assim é chato.

Mais furado que isso, só quando o autor vem querendo fazer a tal da corrente da consciência.

(Já repararam que todo sujeito metido a artista tem de se embrenhar nesse matagal sem cachorro?)

A ideia de que traduzir o que há dentro do pensamento das pessoas é escrever sem pontuação não é simplista demais para vocês?

Mas ele não pensa assim. Vem cheio das formalidades, teclando o resultado de suas novíssimas teorias modernistas do início do século XX. Acha que vai representar o mais profundo do teatro íntimo humano e ganhar o Nobel de Literatura. Se o meu papel não fosse tão passivo, eu diria ao meu amo: "Você sabia que a parte mais significativa do que se passa dentro de um vivente é feito de silêncios? Como é que Vossa Eminência vai traduzir isso poeticamente – usando parênteses, reticências?".

Mas nunca ninguém viu um autor dando ouvidos à sua própria obra. É como se um pai de 40 anos prestasse atenção aos conselhos de seu filho adolescente e espinhento de 15 primaveras, devem julgar esses criadores.

No entanto, somos nós quem seguramos tudo e mais um pouco. As cicatrizes, os garranchos, a rasgação de papel, as rasuras ficam sobre nossas linhas.

E os resmungos desesperados, então? "Uso o ponto de vista da personagem ou um narrador onisciente?". "Será que um romance na técnica das caixas chinesas ainda impacta?". "Mitologia social de Céline ou objetividade fotográfica à la Hemingway?".

Santo Deus, que racinha mais insegura!

Não é à toa que muitos vivem por aí de cara cheia, fazendo de seus porres e vômitos coleções de livros mercantilizadas nas grandes redes. Afinal, agora aceita-se de tudo.

Leem-se até textos escritos por textos, como é o caso aqui. E, francamente, espero que isso vire uma tendência. Se os autores abrem mão da originalidade, por que nós não haveríamos de abrir mão dos autores?

Astolfo, alegria do povo

PRELIMINAR

Estávamos ali, na frente da televisão, esperando o momento em que os jogadores chutariam a piroga. Final era sempre assim. Vestíamos nossas camisetas verde-amarelas e ficávamos olhando atentamente para a grama vermelha, os fogos-fátuos-de-eventos e aquele objeto hexagonal sendo chutado de um lado para o outro da arena coberta. Bebíamos gunta e fumávamos cuñola com uma ansiedade gigantesca nessas ocasiões. Ainda mais naquele derradeiro jogo da "Liga Usk de Astolfo". Uma vitória do Brasil sobre a Noruega o colocaria como heptacampeão, simplesmente a maior conquista desportiva nacional desde que o Conde de Navegantes inventara o astolfo, trazendo a ideia de um desporto praticado pelos índios curu-curu de Nova Granada.

PRIMEIRO TEMPO

Jémerson era nosso ídolo.

Não foi à toa que, em tarde gloriosa, ele passou aquela piroga na medida para Jantuir. Depois, Jantuir cobrou com efeito o vertical, e a piroga alcançou Nenê. Este deu uma trivolta espetacular no defensor e, em seguida, aplicou-lhe um inesperado mamão-verde. O defensor se desequilibrou. Foi quando Jémerson saltou como um gato à esquerda de Nenê e recebeu a piroga sem marcação.

O guarda-éclair ainda tentou saltar, mas a piroga entrou à direita dele, pingando devagarzinho, sem salvação.

Um éclair a zero para o Brasil.

Oito minutos depois veio a vingança do adversário. Os treze jogadores da Noruega se colocaram no campo do Brasil e os nossos seis atacantes ficaram em clara posição de aturdimento.

O hermeneuco estava correto em apontar a penalidade gótica.

Johasson chutou a piroga no sextavante e estufou os miosótis do guarda-éclair.

A torcida se calou. O campo circular ganhou contornos de melancolia.

INTERVALO

O astolfo é o esporte coletivo mais praticado no mundo. É disputado numa arena redonda por duas equipes, de treze jogadores cada, que têm como objetivo colocar a piroga dentro da baliza adversária, o maior número de vezes, sem usar as mãos nem os braços. Esse objetivo é chamado de éclair. A baliza ou éclairista é formada por dois postes verticais, perpendiculares ao chão, uma grande travessa paralela ao solo e uma faixa branca posicionada no gramado vermelho exatamente abaixo do travessão. Ali fica posicionado o guarda-éclair, que é o único jogador com permissão de colocar as mãos na piroga (apenas dentro da sua área), defendendo a éclairista – exceto na cobrança do arremesso lateral, em que o jogador deve lançar a piroga para dentro do campo usando as nádegas. Uma partida de astolfo é vencida pela equipe que marcar o maior número de éclairs. O torneio mais prestigiado de astolfo é a Copa do Mundo de Éclair. O maior vencedor, o Brasil.

SEGUNDO TEMPO

Aos exatos 67 minutos, Jémerson manda a piroga para Nenê. Nenê para Dito. Dito para Menelau. Este, de cabeça, arremessa a piroga na direção do guarda-éclair. O defensor ainda tenta dar-lhe um golpe com os glúteos. Mas errA feio a pontaria. Éclair! Éclair! O que seria do mundo sem essa mágica palavra? O país inteiro vai à loucura quando os hermeneucos auxiliares confirmam o fim da peleja, jogando-se no chão e arrastando-se de bruços até os túneis.

Sim, agora podemos dizer: o Brasil é heptacampeão mundial.

Um dia que, sem a menor dúvida, vai entrar definitivamente para a história do astolfo.

Sexo fatiado

1. Estou finalmente fazendo sexo agora.
2. Um quarto de motel, espelho no teto e outras facilidades.
3. Preliminares das preliminares.
4. Ela, no banho.
5. TV de motel sempre com essas opções tão curiosas.
6. O que é isso? Spray mata mosquitos e baratas?
7. Ela cantando no box.
8. Paredes finas, teto solar, *jacuzzi*.
9. "Me fode. Me fode. Me fode."
10. Almoço executivo com feijoada às quartas, serviço de chá completo a partir das 16h, jantar com música ao vivo.
11. Para seu conforto e segurança, esta sauna foi equipada com termostato Schneider.
12. "Bota! Bota! Ai, aaai!"
13. Ela cantando Ana Carolina no box.
14. Estou quase finalmente fazendo sexo agora.
15. São Paulo vence Chivas de virada.
16. Filé Milu: micropedacinhos dourados de alho sobre um suculento mignon alto salteado com batatas *grisette*.
17. "No momento em que sentir que vai gozar, pense em algo fora do contexto, por exemplo, uma lei da Constituição Federal."
18. Seu Jorge e Ana Carolina no banheiro no momento da secagem.
19. É sempre bom antes conferir os equipamentos no centro da cama redonda.

20. "Não para, não. Se você parar agora, eu te mato."
21. Ela no quarto. Quarto de motel.
22. "Uma forma de manter a ereção firme é apertar sutilmente a porção central do períneo masculino, mantendo a força por um período constante."
23. Ela e Seu Jorge e Ana Carolina e eu na cama do quarto. Quarto de motel.
24. "Puta que o pariu, puta que o pariu, bom demais, eu te amo, seu bicha!"
25. Um mosquito.
26. Rádio FM Absoluta. Romântica demais.
27. O cheiro dela.
28. Um mamilo meio torto.
29. Um olho esbugalhado, outro semicerrado, beijos estalados.
30. Hummmmmmm.
31. Dois mosquitos.
32. O cheiro dela lembra um feriado em São Sebastião.
33. "Ouvimos" Barry Manilow, fique agora com "Tarde Coração".
34. Estou finalmente fazendo o quê agora?
35. Controle de volume, controle de graves, controle de agudos, controle de médios, *automatic*.
36. Roncar longínquo, solitário e choroso de estômago vazio.
37. Bia, o nome dela. Num quarto de motel idem. Resolveu abrir a guarda no dia em que menstruou. Não deixa de ser uma forma de contracepção. Ai, que trabalhão pra gozar. E quando chega lá, desmaia. Fica estatelada em cima da cama, o branco dos olhos olhando pra mim no escuro da suíte.
38. De repente, essa floresta-bigode em mim. Há algo de muito hilário nisso.
39. Um quê de atmosfera rugosa e pegajosa de outro planeta. Atmosfera e superfície. Uma estrela de carne.
40. Três mosquitos e uma mutuquinha.

41. Estou finalmente fazendo uma coisa altruísta.
42. Hummmmmmm.
43. Caralho, caralho, caralho. Vai, vai, vai!
44. "José Feliciano, Gilbert, Fábio Júnior e tantos outros...".
45. Quenturinha nas orelhas, nas extremidades.
46. O olho esbugalhado se fechou e o semicerrado se esbugalhou.
47. E os mosquitos e as mutucas, que não aparecem mais?
48. Hummmmmmm.
49. Hummmmm, hummmmm!
50. Brochei.

Carta ao editor

Senhor editor:

Agradeço pela pronta resposta sobre os originais de meu livro "O Orgulho da Ignorância".

Os seus comentários são, na maioria, bastante pertinentes. E, considerando que o mercado editorial costuma atender tão secamente os autores, me considero um privilegiado por ter tido tamanha atenção de sua parte.

Devo-lhe dizer, contudo, que me preocuparam sobremaneira certas colocações feitas em seu e-mail. Uma delas diz respeito à sua sugestão de cortarmos nove capítulos de minha obra, transformando-a num livro composto de apenas três partes. Concordo que tal modificação deixaria a leitura mais dinâmica e fluida. Porém, "O Orgulho da Ignorância" não seria mais um romance de 12 capítulos, passaria a ser apenas um reles conto. E livro de contos o senhor já me adiantou que não publica.

Se eu atender à sua sugestão de corte, estaríamos retirando partes vitais para a compreensão do todo. Por exemplo, um dos capítulos a serem extirpados é justamente o último. É nele que explico em detalhes o crime praticado pelo travesti Arnalda e o porquê da cena em que Romero (capítulo III) se relaciona com seu *hamster* de maneira perversa.

A convivência cruel de Romero com o roedor é uma metáfora importante no conjunto de minha obra. Crio ali uma alusão velada a *A metamorfose*, de Kafka. O *hamster* faz o papel da barata no relato do escritor tcheco. Através de *flashbacks* e do fluxo da consciência, mostro Romero tentando se transformar em *hamster* (capítulo VII) e falhando na tentativa. Isso remeteria à falha humana. Ou, mais especificamente, à

"Queda" – expulsão de Adão e Eva do Jardim do Éden. Sem essa necessária conclusão, os acontecimentos que vinham antes – como a crise de aerofagia de Faustino no restaurante por quilo do primo – ficam absolutamente sem sentido.

Um pouco mais adiante em seu e-mail, o senhor me aconselha a aproveitar os nove capítulos restantes e adaptá-los ao teatro infantil.

Anotei a sugestão. Mas receio que o *affair* do travesti Arnalda com o anão caolho Gluck – juntamente com o triângulo amoroso formado por eles com o misterioso mendigo leproso – não seria apropriado ao universo da primeira idade.

Tentei imaginar uma adaptação, mas não consigo visualizar a cena dos três nus num hotelzinho fuleiro do Largo Santa Efigênia sendo exibida em brinquedotecas ou no Parque da Mônica.

De todo modo, prosseguirei buscando adaptar "O Orgulho da Ignorância" conforme suas determinações. No fundo, só me preocupo mesmo em como bolar aquela cena final. A sua ideia do fantasma de James Joyce intervindo na trama, bem no fim, me pareceu Hamlet demais. Além de extremamente *"Deus ex machina"*. E por que Joyce e não Groucho Marx? Pelo menos os diálogos seriam mais engraçados.

Pense nisso. Sou um autor estreante, necessito de opiniões abalizadas. Contudo, se discordar dos meus pontos de vista, aceito fazer o trabalho do mesmo jeito. Se o livro encalhar, podemos revendê-lo para o Ministério da Educação e ainda fazer um bom dinheiro.

Os filhos da multa

Já reparou? Há uma certa tendência em punir as falhas humanas hoje em dia usando a multa. Quem não concorda com tal hipótese, que passe numa ladeira de São Paulo com 5% a mais da velocidade permitida no local, atrase um boleto bancário ou então apanhe um terno na lavanderia com um dia de atraso.

Fico imaginando se a tendência ganhar corpo por outras ramificações da sociedade. Logo presenciaríamos (chocados?) situações deste gênero:

EM CASA

– Tchau, amore, tô indo pro escritório.

– Ah, pegou o auto de infração que eu deixei no seu criado-mudo?

– Não, Madá, você não pode ter me multado de novo. De novo, não!

– Foi multado, sim, senhor. E daí?

– Ai, ai, qual foi o local de cometimento da infração?

– A cama.

– De novo, a cama?

– Pois é, sempre a cama...

– Por que você me enquadrou?

– Copular em até 20% abaixo da expectativa do cônjuge.

– Mas que dia foi isso, Madá?

– Você não leu a notificação? Tá lá: 22 horas e 14 minutos de ontem.

– Ontem? Mas tava tão bom, meu amor.
– Só se foi pra você, Onofre. Pra mim, foi digno de multa.
– Quer saber de uma coisa?
– Diz.
– Dessa vez vou entrar com um recurso!

NO TRABALHO

– De novo atrasado, Marcelo?
– O trânsito tava uma panela de pressão, ai, meu Deus, viu?
– Toma.
– Multado, é? Que palhaçada é essa?
– A empresa implantou esse sistema, agora. Errou, infração.
– Mas peraí, que negócio é esse, desconto em folha?
– Exatamente. E confisco do vale-refeição durante três meses.
– Três meses?! Pombas, vocês querem me matar de fome!
– É isso aí. E não reclama, não, que o Gomes, sabe o Gomes, da Expedição?
– O que é que tem o Gomes?
– Cassaram a Carteira de Trabalho dele. Desemprego vitalício, velho. É mole ou quer mais?

NO LABORATÓRIO

– A senhora tomou o laxante antes de vir fazer o exame?
– Ai, esqueci, filha do céu! Ô, cabeça!
– Pode assinar aqui, faz favor?
– Posso. Mas é uma multa, esse papel?
– Sim, é um auto de infração.
– Mas por causa do quê?

– Negligência com o trato intestinal durante o período pré-analítico.

– Quer dizer que eu vou tomar essa punição por não ter feito cocô na hora certa?

– Pode ser visto dessa forma, senhora.

– E não dá pra dar um jeito?

– Só se a senhora defecar agora.

– Agora, agora?

– Sim.

– Assim, já?

– Assim, já.

– Então multa, vai. Fazer o quê? Multa...

NA ALCOVA

– Marina?

– Amor! Chegou supercedo em casa hoje, hein?

– Cheguei. E quem é esse cara que está na minha cama com você?

– É o Antunes.

– Pega, Antunes.

– Ei, eu nem me apresentei e já levo uma multa na cara?

– Olha aqui, meu chapa. Você, além de em flagrante adultério, ainda está em flagrante situação irregular aqui.

– Como assim? Aliás, como é o nome do amigo?

– Eu sou o Robério. Prazer, Antunes.

– Prazer. Mas, me explica, situação irregular como?

– Transitar em local proibido em horário impróprio.

– Puxa, eu...

– E olha, nem vem pedindo refresco que eu devia multar você por usar meu pijama: apropriação indébita, infração gravíssima!

NOS CÉUS

– Alô, Airbus 767?

– Afirmativo. Câmbio.

– Torre falando. Confirme sua posição e velocidade de cruzeiro. Câmbio.

– Sobre Manaus, 900 quilômetros/hora. Câmbio.

– Tá multado. Câmbio.

– Ué, por quê? Câmbio.

– Manaus não tem radar, teria que estar a 300 por hora, no máximo. Câmbio final.

25 coisas que você pode fazer em um pronto-socorro público

1. Comentar na sala de espera: "Nossa, vem vindo uma maca ali que é tripa pra todo lado".
2. Distribuir volantes com preços e condições de planos de saúde da rede particular.
3. Deitar no chão, simular uma convulsão e, quando for atendido, dizer que é um "laboratório" para o grupo de teatro do qual você faz parte.
4. Ir até o guichê de atendimento do pronto-socorro e perguntar se o Serviço de Amputações precisa de um açougueiro com experiência.
5. Gritar do nada: "Cara, uma barata, pode uma coisa dessas?!".
6. Gritar: "Achei um rim, é de alguém?".
7. Passar uma rasteira num Doutor da Alegria.
8. Dizer a uma enfermeira que transar com "profissionais de branco" é o seu sonho sexual mais recorrente.
9. Pedir para gelar uma latinha de cerveja no refrigerador de vacinas.
10. Confiscar uma cadeira de rodas e dar um cavalo de pau no meio da sala de espera do pronto-socorro.
11. Pegar uma bolsa de sangue da Hematologia e fazer uma imitação de Bela Lugosi para os colegas de fila.
12. Sentar numa cadeira da sala de espera e fingir-se de morto.
13. Fazer "uóóóómmmmmmmmm" bem alto com a boca cada vez que uma ambulância estacionar no pátio.
14. Pedir emprestada uma muleta, subir no balcão e imitar o Jimi Hendrix.

15. De cinco em cinco minutos, levantar-se e fingir que vai vomitar sobre as pessoas.
16. Levar seu cachorro e indagar se há atendimento veterinário naquele posto.
17. Colocar uma camisa de força e sair andando naturalmente pelas dependências do PS.
18. Levar uma marmita e pedir para esquentá-la na estufa do hospital.
19. Num momento mais silencioso do atendimento, aproximar-se de uma enfermeira e dizer em alto e bom som: "COMO ASSIM, MORREU?".
20. Levar um rádio portátil e ficar ouvindo um programa de música sertaneja em volume alto.
21. Promover uma enquete com alguns funcionários do PS: "Quem é concursado aqui e quem arrumou emprego com um deputado amigo?".
22. Oferecer-se para fazer um cafuné na emburrada funcionária que distribui as senhas de atendimento.
23. Promover uma pelada "Enfermeiros x Médicos" enquanto os doentes não são atendidos.
24. Perguntar ao médico responsável por que o nome daquele órgão é "Pronto-Atendimento" se ninguém é prontamente atendido.
25. Pintar pontinhos vermelhos no rosto, pescoço e braços e sair cumprimentando todo mundo dizendo: "Prazer, varíola".

O diário do Roque

ÚLTIMA SEMANA DE ABRIL

Descolamos a garagem do Alan pros ensaios. Minha ideia era um grupo poderoso, com influências do rock progressivo, tipo Yes, King Crimson ou na linha do Emerson, Lake & Palmer.

Rubão ensaiou uns acordes à Chris Squire no baixo sem traço. Tuga ouviu Robert Fripp por horas pra pegar o jeitão da guitarra e a "discipline".

Os sintetizadores ficariam por conta do Kaveira, o batera. Sem dúvida, era uma dificuldade técnica a se considerar, já que tocar bateria e solar quatro teclados ao mesmo tempo não é moleza.

Mas se Rick Wakeman conseguiu manejar aquela tecladeira toda no tempo dos estúdios a lenha, dava pedal.

PRIMEIRA SEMANA DE MAIO

No ensaio, mostrei pros três as palavras que tinha colocado em cima da melodia do Tuga.

Eu tinha visto no Discovery Channel um especial sobre a influência da mitologia nórdica no nazismo e achei que aquilo tinha tudo a ver com nossa pegada. Chamei a música de "Os primeiros dias na noite de uma Atlântida reencontrada". Ela contava a epopeia de um guerreiro viking que ressuscita de uma batalha ancestral e resolve encontrar o Continente Perdido de Mu usando uma jangada, uma espada e um alce.

Todos piraram.

Começamos a elaborar o som no ato.

Pedi ao Alan uma modulação especial, pra que meu tom ficasse entre Jon Anderson e Jerry Lee Lewis.

Os caras pegaram os instrumentos e soltei o vozeirão.

O lance fluiu bem durante os quatro primeiros encontros na garagem.

Até o dia em que o Kaveira chegou ao ensaio com um disco de Dona Ivone Lara.

– Que porra é essa? – falei.

– Pensei em botar umas variações de agogô naquela parte do solo em que o viking é quase comido pelo dragão – ele explicou.

– Ficou maluco, bicho?

– Cara, vai por mim, é bacana uma batida de couro de gato ali... Rataplá, rataplá, catatá, tatá...

– Qué isso? Já viu Billy Cobham metendo ganzá, cuíca numa faixa da Mahavishnu? Fala aí: já viu, bicho?

Rolamos por cima dos Korg do Alan – ele ainda estava pagando o carnê de uma loja da Teodoro. Nem era o show e a gente já quebrava tudo.

SEGUNDA SEMANA DE MAIO

Conseguimos mostrar nosso *medley* no saguão de um cursinho. Tínhamos descolado trajes maneiraços no guarda-roupa da mãe do Tuga. A mulher é sócia de um brechó e tinha altos panos em casa.

Montamos com ajuda dela algo que passasse a saga do viking. Ela tinha uns elmos que comprara no rescaldo de um desfile da X-9 nos anos 1990.

Como eram só três, os de palco usavam a fantasia e o Kaveira ficava na dele, na cozinha, lá no fundão do palco.

Tava indo superbem o show. Os primeiros quinze minutos – a parte em que o viking renasce e toma a poção de fígado de rena – foram geniais.

Cheguei a ver vários bichos-grilos loucões dançando na frente da gente.

Imaginei que ia bombar, quando ouvi o estrondo e o fogo se alastrando.

Só pra se ter uma ideia, o papoco foi tão espetacular que uma hippie bêbada aplaudiu pensando que fosse efeito especial.

A bruxa estava solta. Na hora do solo dos sintetizadores, Kaveira não conseguiu uma boa sincronização com a bateria e se estabacou em cima da mesa de som.

O quarteirão onde ficava o cursinho teve um apagão de seis horas.

QUARTA SEMANA DE MAIO

Ao sair do hospital, Kaveira decidiu abandonar a música e se matricular num curso de tecnólogo em banco de dados. Tuga e Rubão foram chamados pra tocar num bufê infantil. Um vestido de Tico, o outro de Teco. A grana compensava a roubada, os caras toparam a bronca e lá se foram, baixo e guitarra.

Olhei pro Alan, Alan olhou pra mim. A garagem vazia, aquele azulejo frio.

Durante os ensaios da nossa fase progressiva ele acertava a mesa, os *mics*. Eu cantava. A ideia era quase óbvia. Falei na lata:

– Vamos fazer uma dupla de *rap*, mano!

SEGUNDA SEMANA DE JULHO

Defendi pro Alan que seria legal construir *raps*, mas com um ponto de vista original, diferente do que se ouve aí pelas quebradas.

Bolei rapidinho meia dúzia de letras na batida do Eminem. O núcleo era a história de Edinelson, um cara branquelo, gay e de classe média alta que morava numa casa vizinha à favela do Come-Solto.

Ele queria ser cantor de *hip-hop*, mas sofria todo tipo de preconceito dos negões do pedaço.

Alan fez um *dub* realçando o eco da minha voz. Ensaiamos com ele como DJ durante dez dias. Ficou animal!

O *brother* que vendia bagulho pra gente descolou uma apresentação na entrada de uma favela na zona norte. Domingão à tarde, Alan e eu vestimos umas camisetas gigantes, bonés pra trás, tênis sem cadarço e fomos rumo ao nosso novo público.

O larguinho da favela lotou. Alan meteu a sonzeira nas caixas, eu mandei um "salve" e cantei o refrão com fé: "Só porque sou branquelo, classe média e gay / os caras da favela num suporta eu, já sei".

Não havia reação. Ninguém se mexia, rebolava, batia palmas, nada. Eu continuava berrando num sotaque bem mano, forçando os erres.

Aí, do nada, uns seis manos subiram no palco. Vieram pelo flanco, a gente achou até que tavam a fim de dançar com a gente, se mostrar pra galera da favela. Só que um deles pegou uma caixa de som e levou. O outro catou a outra e se mandou. Vieram mais alguns e foram pegando os *mics*, o meu pedestal e, por fim, a mesinha de DJ do Alan. O último pegou nossos bonés e os tênis.

Ficamos os dois sozinhos e descalços no meio da rua.

TERCEIRA SEMANA DE NOVEMBRO

Shows com plateia lotada e vibrante depois de meses. Tuga e Rubão deixando as festas infantis pra voltar a se juntar a nós. Mesa, *mics*, caixas, tudo novinho em folha. Ônibus com ar refrigerado que nos transporta pelos estados e já nos levou até Rosário, na Argentina. Só dá pra dizer que devemos tudo isso ao rock evangélico.

Depois de várias tentativas fracassadas, a minha composição em parceria com o Alan "Os primeiros dias na noite de uma Judeia reencontrada" estourou a boca do balão.

Na verdade, troquei apenas a espada e o alce por uma cruz e um cordeiro, o resto ficou tudo igualzinho. Foi o Senhor quem nos iluminou, disso não tenho mais dúvida.

Na fase do desespero pós-rap, pedimos a ajuda de Tuga e Rubão pra gravação de uma demo na linha *gospel*. Entre uma festinha de aniversário e um batizado, eles fizeram a base num estúdio semidoméstico.

O técnico de som era crente e acabou jogando o cedezinho na mão de um pastor.

Aconteceu o milagre. Quinze dias depois estávamos tocando no estádio do Pacaembu, vestidos de profetas – adotamos os nomes de Ismael, Baruk, Nehemias e Jó –, pra uma plateia de 25 mil fanáticos que gritavam, choravam e jogavam terços, bíblias e notas de 100 no palco. O sucesso tinha finalmente nos abençoado com sua luz.

Aleluia, Senhor, yeah!

A rebelião poética

Um grupo de populares passava rapidamente diante do imponente prédio da Fiesp quando viu aquele cidadão agitado, meneando a cabeça e os braços.

A princípio pensaram ser um pastor. Podia estar pregando alguma passagem do Evangelho, com os tradicionais exemplos de almas indo para o inferno por não pagar os dízimos, não alardear o nome do Senhor com devoção etc. Mas, ao chegarem mais perto, viram que o homem bradava uma mensagem absolutamente laica. Mais: ritmada e repleta de imagens inusitadas.

Tudo ficava ainda mais surpreendente quando essas imagens eram comparadas ao entorno cru, duro e frio da selva de pedra do espigão da Avenida Paulista.

O homem falava de pequenos detalhes esquecidos. Um miolo de pão, a brisa, um quase beijo, um adeus. A turba que saía dos escritórios para almoçar vinha andando pelas largas calçadas e estacava para ouvir a "pregação".

Nesse mesmo instante, não muito longe dali, no bairro da Liberdade, um grupo de nisseis iniciou um recital de haicais em frente ao Hospital Santa Helena. De repente, numa esquina, em meio à fumaça e às buzinas, Bashô baixou. A cena foi tão fora dos padrões que os carros estacionavam, os ônibus paravam e os passageiros desciam para testemunhar.

Debaixo do chão, em cada uma das estações do metrô da cidade, postaram-se outros bardos. Uns declamavam Lorca, outros Drummond, alguns preferiam Castro Alves e houve até quem se lembrasse de que Raymond Carver produzia poesia e a reverberava pelos túneis.

A novidade não ficou apenas reservada aos bairros centrais.

Em Santana, na Freguesia, na Lapa de Baixo, em todos os cantos havia um poeta declamando docemente uma glosa ou vociferando um novo mote.

Só bem mais tarde o governador foi informado dos eventos pelo seu ajudante de ordens.

— Isso só pode ser coisa do crime organizado — exclamou com propriedade.

Nervoso, ele pediu uma ligação urgente para falar com o presidente. Enquanto o localizavam, ficou mirando a rua da janela de seu gabinete. Nos portões do palácio havia um cidadão baixinho, delgado, falando alguma coisa com veemência às sentinelas à sua frente. O governador abriu o vidro e ouviu o homem declamar Anna Akhmátova, sua poeta preferida nos tempos de militância estudantil.

Era preciso intervir.

Mal pensou nisso, foi recebendo um relatório da Polícia Militar das mãos de seu Secretário de Segurança Pública: já eram mais de quatro mil poetas recitando pelas ruas. O comércio baixara as portas, os aeroportos estavam fechados, o povo se recusava a trabalhar e só dava ouvidos aos vates e às poetisas.

O secretário da Cultura informou em seguida, pelo viva-voz, que as emissoras de tevê estavam pressionando, ninguém estava dando a menor bola para a programação, o prejuízo dos patrocinadores seria incalculável.

Rapidamente aquele repentino clamor lírico estava tomando feições de catástrofe nacional. Sem dúvida alguma, havia alguma mente doentia por trás do episódio. Um Eixo do Mal que usava os sonetos, os dísticos, os decassílabos sáficos para desmoralizar o poder estabelecido. Talvez fosse a única certeza, afora a nítida sensação de desgoverno.

E por falar em caos, onde estaria o maldito presidente num momento, digamos, poético daqueles?

O primeiro magistrado estadual se fechou sozinho numa das salas de reunião.

Ficou refletindo ali por meia hora, como costumava fazer nos momentos mais críticos. Mais tarde, chamou todo o secretariado.

Diante do silêncio pesado à mesa de jacarandá ovalada, o responsável pela Casa Civil tomou a palavra:

– Então, senhor governador, não é possível tentar um contra-ataque?

O governador, combalido, respondeu num fio de voz:

– Não. A única coisa a fazer é tocar um tango argentino.

Em defesa do asterisco

Segundo lexicógrafos, o asterisco – aquele sinal gráfico em forma de estrela – "é um recurso empregado para a remissão a uma nota no pé da página ou no fim de um capítulo de um livro". E também um "morfema que não possui significação autônoma e sempre aparece ligado a outras palavras, substituindo um nome que não se deseja mencionar".

Mas, pra mim, o asterisco vai muito além. Ele é uma figura de linguagem nobre, feito uma metáfora ou metonímia, que enriquece e tonifica todo e qualquer discurso. Definido assim, como um recurso menor, o asterisco poderia até ficar no nível das aspas – tão sem graça –, de um reles travessão ou no mesmo status das cinzentas reticências.

Contudo, do meu humilde ponto de vista, o asterisco é do grande c*.

Sem ele a literatura seria uma verdadeira m*, uma montanha de b* cercada de palavras tolas por todos os lados. Sem o asterisco, entre outras coisas, não existiria O Pasquim – com todos aqueles c*, p*, m* e b* maravilhosos.

Nenhum escritor devasso, tipo Marquês de Sade, poderia dizer que enfiou o p* no c* de uma p* sem causar furor no c* do seu país de origem. E até na p*q*p* de Marte, Vênus, vai saber se os ETs não escrevem, p*...

Por essas e por outras é que nenhuma m* de Reforma Ortográfica até hoje conseguiu abolir o asterisco da p* da Língua Portuguesa. E olha que os grandessíssimos f*d*p*s desses cientistas da linguagem (ai, meu c*!) vivem querendo fazer a imensa m* de limar tão simpático e útil sinal gráfico dos nossos textos. Não dá vontade de mandar os b* irem lamber o c* das v* das suas mães, p*?

Pra mim esse tipo de atitude é mais do que f* um idioma, é botar no r* de toda uma tradição cultural. Pior: é literalmente sair c* e andando sobre a cabeça de um povo. Duvido que um norueguês, um sueco, ou sei lá mais quem da b* de um país desenvolvido pra c* não tenha o direito de usar livremente uma p* de um asterisco. Dou o c* se eles não tiverem esse livre-arbítrio.

Olha, é f*!

Só tem algo mais detestável: aqueles b* que insistem em chamar asterisco de asterístico. Aí é de cair o c*.

Conexão Achocolatado

Os dez anos de experiência no Batalhão Especial Antidrogas me ajudaram a identificar e interceptar qualquer movimento, por mais imperceptível que fosse, no mercado de entorpecentes.

Naquela tarde modorrenta, por exemplo, logo notei algo fora dos padrões.

Estávamos na Pavuna fazendo uma ronda de rotina no Tático Móvel 167-B.

Depois de estacionarmos na entrada principal da favela do Trubufu, em menos de meia hora, notei mais de dez pessoas passarem em frente à nossa viatura: todas tomavam Toddynho.

Comentei o fato com meu colega de armas, o tenente Casanova. Mas ele cochilava pesadamente no camburão e nem sequer me deu ouvidos.

Foi então que resolvi investigar por conta própria.

Saí a pé pela calçada e, ao ver o primeiro mané chupando o canudinho de um achocolatado, puxei-o pelo colarinho para o interior de uma viela na boca de porco. Depois de enfiar um saco plástico em sua cara, mandei-o dar o serviço se não quisesse virar apresuntado.

Antes de ficar completamente roxo, assumiu que consumia Toddynho desde criança. E em larga escala.

Isso comprovava meu temor. O tráfico de Toddynho estava disseminado pelo Rio de Janeiro. Se bobeasse, Baixada, Niterói, os Lagos e a Serra também estariam tomados.

– Comecei mandando um gole numa festa de aniversário lá em Cordovil. Gostei do lance, chocolatinho, te deixa na boa, sussa. Antes de ir pro colégio, dava umas goladas na parada.

Aí, sem perceber, fui me viciando no doce. Agora, se acordar e não beber uma caixinha do barato, fico injuriado... – explicou o miserável dependente.

Encaixei-lhe uma tapona na mandíbula. Dei-lhe outra mãozada, desta vez bem no meio dos cornos. Ele despencou. Agora eu só necessitava saber quem estava por trás da nova forma de ilícito. Com um chute nas costas, rapidamente acordei o desacordado.

– É o Padreco! – urrou o mané, antes que eu encostasse o cano do meu 38 em seu naso.

Eu manjava daquelas bocadas como ninguém. Mas Padreco era um nome novo até para um policial experimentado como eu. E tudo parecia dizer que, antes de entrar em seu rastro, era preciso conhecer bem os seus sórdidos métodos. Sacudi o viciado e ele continuou dando com a língua nos dentes, apesar de já estar sem os dentes.

– Padreco oferece os Toddynhos *free* pra molecada...

– Filho da puta!

– ...e ele agora tem uma rede distribuindo o lance numa pá de favelas aí, mermão.

Eu sabia que a combinação de cacau, açúcar e maltodextrina seria explosiva. Por isso, era preciso agir. E rápido.

Mesmo ferradaço, o puto ainda me soltou uma dica de ouro antes de desmaiar de vez, com a cara enfiada numa boca de lobo.

– Arrelia. Estação Flamengo. 13 horas.

Parei em casa, troquei a farda pela roupa civil e peguei um táxi. Ainda era cedo e, com um pouco de sorte, poderia tentar compreender melhor aquele complicado xadrez. No caminho, fui me perguntando o que poderiam significar aquelas palavras cifradas: Estação Flamengo era o metrô, Arrelia era um palhaço, mas 13 horas...

Pontualmente à uma da tarde, vi um palhaço zanzando pelo saguão do metrô com uma maleta vermelha na mão. Fiz uma rápida associação de ideias: Arrelia-Estação Flamengo-13 horas...

Eu estava no metrô, eram 13 horas... bingo!

– Qual é o nome do palhaço? – perguntei, sorrindo.

Ele apertou um anel falso e espirrou um jato de água em minhas ventas.

– Arrelia! – respondeu, com os dentes arreganhados.

Parti pra cima. Arrelia ainda tentou se esgueirar, mas coloquei meus pés sobre sua lapela gigante, esgoelando-o. Mães gritavam, crianças me socavam com seus punhozinhos, mas era preciso livrar a sociedade dos mais nefastos vícios.

Quando a PM chegou, me identifiquei.

Fomos direto para uma sala privada na delegacia do bairro. Literalmente privada. Ministramos 200 ml de Agarol ao desgraçado. Em cinco minutos, Arrelia destrancou tudo. Inclusive a maleta vermelha com as embalagens de Muky chocolate.

O problema é que a técnica dos meus colegas era *light* perto da minha. Em outras palavras, o delegado era por demais "científico". Levantou os dados do artista circense usando a internet. E no CPF do cara não aparecia nenhuma objeção, só "nada consta".

Ele tinha o nome sujo apenas no SPC, por ter dado o cano na compra de um paletó roxo de musselina e numa bota tamanho 58, bico largo, uns dois anos atrás.

Depois do fichamento, o delegado fez a maior cagada do dia: liberou Arrelia.

Para ele, não configurava ilegalidade nenhuma, muito menos tráfico de drogas, a posse de Toddynhos.

Mal sabia ele o que havia por trás daquilo.

Arrelia, contudo, não contava com o meu traquejo. Quando o maldito virou a esquina na direção do Aterro do Flamengo, peguei-o de jeito numa bela e bem aplicada gravata.

– Escuta aqui, seu Bozo genérico, o delega não sabe que achocolatado virou droga rentável no morro. Mas eu sei...

– Humpfacfbuc... humpfacfbuc... – ele asfixiava.

– ... e se você não me bater onde está o grosso do carregamento, faço você passar de Arrelia a Torresmo agorinha, seu Clóvis Bornay do Cirque du Soleil!

Apesar de um desavisado ter passado no Aterro, filmado com o celular a surra no palhaço e colocado no YouTube (2.867.000 *views* e convite para uma participação da dupla no *Zorra Total*), saí de lá com uma confissão.

– Eu ia encontrar o Padreco, no Morro da Cabrita, pra ajudar na distribuição dos Toddynhos... – sussurrou ele, assim que a ambulância estacionou no meio-fio.

Os pontos entre o viciado e o "vapor" estavam finalmente unidos. Liguei do meu Nextel para o destacamento. Tinha chegado o momento de levar o Padreco para conhecer o inferno.

Subimos o Morro da Cabrita ainda no finalzinho da tarde. Era verão e o sol ficava de sentinela até bem depois das sete da noite. Uma parte dos homens foi lá pra cima disfarçada, tentando sacar quem era o traficante e onde ele estava postado. Ao levantarem qualquer dado, me mandariam uma mensagem via rádio. Só então a tropa galgaria em grande estilo.

Ali pelas 18h15, o sargento Ananias me bateu lá de cima:

– Padreco interceptado. Esconderijo manjado: igrejinha do Largo do Morro.

Pedi mais detalhes para organizar o ataque.

– Molecada recebendo os Mukys na cara dura. É chegar e encanar todo mundo, na moral.

Era o momento certo de subir com os camburões. Fomos em seis viaturas, apavorando quem aparecesse na frente. Ao chegar no larguinho, vi um sujeito distribuindo bananas e Toddynhos para uma fila de garotos pobres e molambentos.

Ao fundo, ao lado da fachada da paróquia, havia uma placa onde se lia: "Pastoral do Menor".

Entendi, no ato, que os Toddynhos não eram droga nenhuma, mas um projeto social da Igreja. Liguei ao superior para saber qual o procedimento-padrão a ser adotado.

– Já deu o maior sururu essa porra dessa história de Toddynho. Se bobear, jornalista pega isso e fode a Corporação. Se o Padreco não é trafica, é comuna. Metralhe do mesmo jeito – sentenciou o chefe.

Socamos a bota. Mais tarde saiu no *Jornal Nacional* que um padre escondia farinha dentro de embalagem de Toddynho. E que distribuía o bagulho pras crianças do Morro com a ajuda de um palhaço.

Na frente da "mercadoria", orgulhosamente o escudo do nosso Departamento.

Daqui pra frente, vão ter que caprichar na continência e me chamar de Capitão.

Eduardo e Mônica - muitos anos depois

Quem um dia irá dizer que existe razão
Nas coisas feitas pelo coração? E quem irá dizer
Que não existe razão?

Eduardo abriu os olhos, mas não quis se levantar
Ficou deitado e viu que horas eram
Enquanto Mônica olhava o botox
Noutro canto do aposento
Como eles disseram...

Eduardo e Mônica um dia se enjoaram sem querer
E conversaram muito mesmo pra tentar se convencer
Foi o amigo advogado do Eduardo que disse:
– Tem um artigo legal e a gente pode lançar mão
Coisa estranha, que lei mais esquisita
– Se não for legal, só assino com birita
O amigo então riu e quis saber um pouco mais
Sobre o divórcio que tentava efetivar
E o Eduardo, meio tonto, só pensava em sair fora
– Dá essa porra, vamo homologar!

Eduardo e Mônica foram parar no Fórum
Na frente do juiz, decidiram se largar
O Eduardo sugeriu uma pensão

Mas a Mônica ouviu e começou a gargalhar
Se encontraram então no parque da cidade
A Mônica de moto e o Eduardo num carrão
O Eduardo achou estranho e melhor não comentar
Mas a patroa tinha um berro na mão

Eduardo e Mônica eram nada parecidos
Ela era de Leão e ele tinha trinta e seis
Ela com consultório próprio e falando alemão
E ele ainda sem saber falar inglês
Ela gostava do Leminski e o escambau
De Van Gogh e dos Strokes
Chico César e Sinhô
E o Eduardo gostava de puteiro
Do Bahamas, Love Story e até Café Photo

Ela fazia análise transacional
Também pilates e musculação
E o Eduardo ainda estava
No esquema "trabalho, boteco, casa e o futebolzão"

Por isso, com tudo diferente,
Veio mesmo, de repente,
Uma vontade de morrer
Os dois mal se viam todo dia
E o perrengue crescia
Era difícil crer

Eduardo e Mônica fizeram natação, fotografia
Teatro e artesanato depois de se amarrar

A Mônica explicou pro Eduardo
Coisas sobre o céu, a terra, a água e o ar
Ele aprendeu a beber, deixou o cabelo crescer
E decidiu trabalhar
E ela se formou no mesmo mês
Em que ele passou no vestibular
E os dois comemoraram juntos
E também brigaram juntos, muitas vezes depois
E hoje o povo diz que ele corneia ela e vice-versa
Lá isso é vida a dois?

Reformaram uma casa uns dois anos atrás
Mais ou menos quando os gêmeos piraram
Detonaram grana e quebraram legal
Com uma barra dessas nunca contaram

Eduardo e Mônica mudaram de Brasília
Rolou desquite forte tá fazendo um tempão
De novo nas férias não vão viajar
Porque o filhinho do Eduardo
Virou crente, meu irmão

E quem um dia irá dizer que existe razão
Nas coisas feitas pelo coração? E quem irá dizer
Que não existe razão?

O quarto concreto

No ano do cinquentenário da poesia concreta surgiu um novo elemento para sacudir a polêmica em torno do movimento artístico mais discutido dos últimos tempos no Brasil. Além de Augusto, Haroldo e Décio, apareceu um quarto poeta reivindicando sua participação no movimento: Anfrísio dos Santos. Maranhense de Codó, dono de uma casa de material de construção em Carapicuíba, Anfrísio afirma que o Manifesto Concreto foi escrito a oito mãos e garante ter coautoria também, entre outros, no célebre poema "Beba Coca-Cola", do colega Décio.

A comunidade artística ainda se encontra perplexa, pois, para seus pares, o quarto concreto de origem maranhense seria o poeta Ferreira Gullar, não Anfrísio dos Santos.

Procurado por jornalistas da área cultural, o autor de "Poema Sujo" não quis se manifestar, alegando que só dará novos depoimentos assim que acertar um novo corte de cabelo, diferente do atual "chanel" na altura do pescoço.

A seguir, o depoimento completo de Anfrísio da Silva, o quarto concreto.

Pergunta: Como o senhor entrou em contato com o grupo de poetas concretistas de São Paulo?

Anfrísio da Silva: Eu era assistente de pedreiro e fazia uns bicos numa firma de dedetização. Por acaso, dei de cara com o Décio na Praça da República, na hora do meu almoço. A gente estava dividindo o mesmo banco. Ele estava lendo *Os Ratos*. Vi aquele nome na capa e falei assim: "Ratos? Disso eu entendo". Os olhinhos do Décio brilharam. Falou pra mim: "Você entende de Dyonélio Machado?! Não posso acreditar! Outro, além de mim, valoriza o verdadeiro

Joyce brasileiro!". Não entendi muito bem aquilo que ele estava falando. Mas aceitei na hora o convite pra fazer um trabalho concreto na casa dele.

P: O senhor tinha ideia do que era Concretismo?

AS: Ideia, ideia, assim eu não tinha. Cheguei a pensar que o Décio queria fazer um calçamento novo na casa. E, apesar de estar mexendo mais com barata, formiga e rato, podia muito bem fazer um extra e levantar um dinheirinho reformando a residência do homem.

P: E o que aconteceu quando chegaram à casa de Décio?

AS: Bom, estavam lá os dois irmãos, os Campos. O Décio me apresentou dizendo que eu conhecia o Dyonélio. O Haroldo largou um livrão que parecia uma Bíblia em cima da mesa e foi logo me abraçando. O Augusto desligou a vitrola e fez a mesma coisa. Foi quando o Décio falou: "Tem algum texto teu aí, por acaso, pra gente fazer uma leitura?". O que eu tinha no bolso era um papel desses de pão, com o pedido do material do calçamento que eu fui escrevendo no ônibus pra mostrar pra eles. Peguei e entreguei o papel todo amarrotado pro Décio.

P: E o que ele fez?

AS: Começou a ler o meu pedido em voz alta. E os outros dois irmãos ouviam, muito quietos, de olhinho fechado. Eu me lembro até hoje: "Simento, arêa, tigolo, maça de pedreiro, duas pá, uma cuié, pedriscu". Fiquei atrapalhado por ele ler aquela besteirada como se estivesse cantando o "ouviram--do-Ipiranga-às-margens-plácidas", sabe aquele respeito? Quando ele parou, o Haroldo tomou o papel e botou os olhos em cima foi tempo, mas tudo no maior silêncio. Demorou uns dez minutos pra ler aquele tiquinho de palavra.

P: Haroldo chegou a fazer algum comentário?

AS: Fez, não. Passou pro irmão, que deu de ler o papel também. Cheguei a pensar que tinha ofendido eles com o meu palavreado mal-ajambrado de trabalhador braçal. Por fim, o Décio pegou o telefone e ligou pra um tal de Cabral lá no

Rio de Janeiro. Deu de ler o papel de pão de novo, agora com mais força na voz ainda. Quando desligou, veio e perguntou se eu tinha contato com o Guimarães. Ou com um tal de um conterrâneo meu, do Maranhão – Souza Andrade, se não me falha a memória. Disse a ele que meu contato era só com o Carlos. Quando falei esse nome, os três começaram a berrar "Drummond! Drummond!" – urravam feito bezerro desmamado na sala. Eu, doido pra explicar que o Carlos que eu tratava era o Carlão Pipa, dono da loja de material de construção da Barão do Triunfo, mas ficou por isso mesmo.

P: E os desdobramentos desse primeiro contato? Como Anfrísio dos Santos saiu do trabalho braçal, da vida feita de bicos, para a Alta Poesia?

AS: Bom, depois de uns dias, os três me apresentaram a um mestre de obras amigo deles, o Oscar. Prepararam uma comedoria para o homem que não foi mole. Devia ser muito bom mesmo, o sujeito. Quando ele entrou na sala, o Augusto disse no pé do meu ouvido: "Anfrísio, esse homem fez uma cidade inteirinha". Pois bem, com esse eu podia me entender, era do meu ramo. Quando estavam na sobremesa, arranquei do bolso outra lista de material de construção e li pro Oscar. Dessa vez, eu mesmo, e bem alto: "Argamaça! Baldrame! Asso! Têia! Pedra minêra!". Assim foi. Acabou que o mestre de obras me chamou de um nome que até hoje eu não sei o que é: "proletário". Uma coisa assim. E, na hora, me convidou para entrar no partido dele.

P: E o senhor aceitou?

AS: Ora se aceitei. Vou ficar de fora de um partido que só tem pedreiro como eu? E fiz muito bem. Um ano depois, eu estava lá em Moscou declamando lista de material de construção e o povo batendo palma. Foi aí que fiquei conhecido como poeta concreto pra valer.

P: É verdade que o senhor é coautor do poema "Beba Coca--Cola"?

AS: Sim, é meu também.

P: Explique melhor a sua versão.

AS: Eu gostava de Grapette, um refri de uva que tinha naquela época. Eu chegava no boteco perto da casa do Décio e dizia pro português: "Quem bebe Grapette repete". Todo dia eu dizia aquilo. E o povo ria de mim. Um dia eu vi o Décio, concentrado, escrevendo sobre a Coca-Cola num papel. Eu perguntei assim: "Quem bebe Coca-Cola repete?". Ele riu e falou: "Obrigado, Anfrísio, era essa repetição que faltava no poema". Por isso eu me considero dono da ideia junto com ele.

P: E como explicar esse seu sumiço de tantos anos e o porquê da sua opção de montar uma loja de material de construção em Carapicuíba?

AS: Depois que voltei de Moscou, começaram a chamar o Oscar de um tal de stalinista. Não conhecia aquele nome, mas devia ser coisa ruim. No dia que passaram a me chamar desse nome também foi que eu vi. Vinha o povo com as pedras na mão, me chamando dessa coisa e jogando a pedregulhada por cima. Foi aí que me desgostei e tomei a decisão de mudar de vida.

P: E como foi essa mudança?

AS: Eu apanhava as pedras que jogavam em mim, botava numa caçamba e vendia pras obras lá da periferia. Com o tempo, fui juntando tijolo e cimento. Logo estava com a loja montada.

P: O senhor conhece Charles Sanders Peirce?

AS: Não.

P: Ezra Pound?

AS: Não.

P: T. S. Eliot?

AS: Conheço não, senhor.

P: E como faz literatura?

AS: Eu não faço literatura, faço concreto.

Aeroaxé na Corte

Folha Imperial, Rio de Janeiro, 19 de março de 1816
 "Monarca adere à nova modalidade de ginástica"
 Confirmado: o monarca Dom João VI aderiu a um programa básico de aeroaxé. Depois de ouvir conselheiros mais próximos, o monarca optou pela modalidade que faz mais sucesso entre seus pares das cortes europeias.

O ouvidor do rei, Duque de Tefé, informou à imprensa das províncias que, a partir do mês de abril do ano do Senhor de um mil e oitocentos e dezesseis, Dom João começará o dia alongando-se, depois entrará com sessões de *street dance*, aula de *step* e finalizará o treino dançando axé com oficiais do exército português.

Fontes ligadas à alta nobreza dão conta de que a decisão imperial deveu-se a um hábito de Dom João VI de copiar Fernando VII, de Espanha – que estaria praticando pilates e boxe tailandês desde o início de seu reinado absolutista.

Já Sua Alteza a infanta Carlota Joaquina, instada pelo Duque de Bragança, está promovendo treinos diários de ginástica neuromuscular com ênfase nas pernas e glúteos. Carlota pretende atingir a meta de 0,7% de massa corpórea antes da abertura dos portos. Além de conseguir "uma barriga tanquinho e um popô mais anguloso".

No entender do *personal trainer*-geral do Império, Antônio Francisco Manoel Carlos de Assis de Bragança e Bourbon, Barão de São Silvestre, se prosseguir nesse ritmo de treinamento, a rainha poderá facilmente enfrentar os 42 quilômetros da Maratona da Beira, mesmo correndo de espartilho, anáguas e sutiã com bojo metálico.

Em comunicado real, os súditos souberam das alvíssaras esportivas, logo após o surto de varíola que teve lugar na cidade de São Sebastião do Rio de Janeiro.

A família real, anunciou um dos seus mais eminentes porta-vozes, o Visconde de Cairu, pretende, juntamente com a criação do Banco do Brasil e da Biblioteca Nacional, incentivar a prática de lambaeróbica em todo o território brasileiro, Algarve e Cisplatina.

A ideia ganhou força na nau que trouxe os nobres portugueses ao país.

Com as calmarias, boa parte deles passou a praticar *jogging* no tombadilho, entre uma partida de bisca e um gole de amontillado.

O objetivo, àquela época, seria o de fortalecer as panturrilhas para uma eventual fuga por terra dos exércitos napoleônicos.

Um informante da Casa de Bragança declarou recentemente que a intenção do reinado de Dom João em relação à melhoria da qualidade de vida no país é tão ambiciosa que, até o final do presente ano do Senhor, a Corte deve anunciar um alentado programa no setor. Este seria capitaneado pelo Duque de Olivença, que assumiria o recém-criado Ministério do Desporto e Entretantos, com a tarefa inicial de produzir o montante de um milhão de barrinhas de cereal sabor bacalhau em menos de três anos.

Entre outras decisões, o rei também pretende criar uma prova de triatlo, o Iron Gajo "Caminho das Índias".

Mapas e cartas náuticas, baseadas em anotações de Américo Vespúcio, já estariam sendo confeccionados para massiva distribuição aos atletas inscritos. A Igreja aprovou as medidas. E já teria encomendado a Aleijadinho novas estátuas dos profetas em cenas olímpicas.

Uma certa justiça

Quando olhou o camarim reservado só pra ele, lacrimejou. Uvas, maçãs vermelhíssimas, pães artesanais, queijos diversos, grãos importados do Líbano, a garrafa de Veuve Clicquot no gelo, água San Pellegrino. Tudo colocado harmoniosamente sobre uma mesa com toalha de renda branca. E flores. Muitas flores.

Depois de 32 anos de anonimato, esnobação dos críticos e completa inexistência na lembrança da mídia gorda, aquilo era a prova de que havia uma certa justiça "nesse mundo de meu Deus".

Numa algaravia, os auxiliares do Canecão perguntavam coisas sobre a tonalidade da mesa de som, sobre o roteiro, os convidados *vip*, as canjas. Mas seus ouvidos não acompanhavam mais nada do que vinha de fora. Só as orelhas de dentro funcionavam agora. As orelhas e os olhos internos.

Lembrava-se com grande clareza de seu longo calvário. As temporadas no circuito alternativo da zona norte e da zona leste de São Paulo. Muitas vezes tocando sem cachê algum, apenas para tentar imprimir suas ideias revolucionárias a um grupo pequeno, mas interessado no novo.

Depois, o empresário que embolsou a grana de seu primeiro grande show num Sesc da periferia. Com o dinheiro desviado, o mau caráter viabilizou a gravação dos discos de quatro duplas caipiras. E, com o estouro de um desses duos breganejos, montou um selo e uma rádio em São José do Rio Preto.

Por outro lado, não havia meio de o trabalho dele decolar, parecia uma sina. Quanto mais tentava divulgá-lo, buscar pacientemente espaços, mais era esquecido pelos que controlavam as programações de rádio e tevê.

E o período mais negro ainda estava por vir. Cansada do fracasso e da deprê generalizada, a companheira de duas décadas o trocou pelo organista de uma igreja pentecostal de Belém do Pará. E ainda meteu-lhe uma ação na Justiça de não pagamento de pensão que o fez perder seu único bem: um Fiat Elba 1982 que herdara do avô.

Teve que se apresentar em saunas gays por cinco anos para conseguir honrar o parcelamento da dívida. Nos cartazes promocionais de seu *pocket show* homoerótico – na foto, ele aparecia vestido de Cleópatra ao lado de um negro musculoso e nu da cintura para baixo – era aclamado como "Cléo, o menestrel do povo entendido".

Calamidade maior nem Paulo Coelho teve durante seu período de sexo, drogas e pacto com o demônio. Nunca mais pôde ouvir o refrão *I will survive* impunemente.

Entretanto, a partir daquele show glorioso no Rio, tudo se repararia.

O acaso começava a jogar a favor. Então, como explicar o episódio de sua descoberta?

Certa madrugada, com insônia e entediada num quarto de hotel em Londres, Marisa Monte resolveu fuçar no Google. Acidentalmente, acabou fazendo *download* de uma das canções dele. E, em seguida, baixou-a direto para o *smartphone*.

Dali para a apresentação do "genial músico da vanguarda de São Paulo" à sua turma de músicos foi um passo. Um assistente avisou que faltavam dois minutos para o início do show. E que estavam na primeira fila Chico Buarque, Carlinhos Brown, Lenine, Maria Rita, Paulinho da Viola, Milton Nascimento, Titãs, Gil, Caetano, a Velha Guarda da Portela inteira. E, claro, a sua madrinha, Marisa Monte.

Fez uma pequena prece, memorizou o repertório. E uma última imagem veio à sua mente. Ele saindo do teatro da prefeitura de Itaquera, com uma craviola às costas, depois de fazer um show em que não houvera nenhum pagante.

Ouvindo o ruído dos primeiros aplausos da noite, ergueu-se, dirigindo-se altivo à boca do palco.

Nesse instante, o meteoro de 97 quilômetros de largura por 42 de comprimento precipitou-se sobre a Baía de Guanabara.

A tristeza do humorista

O Humorista acordou naquela manhã com o radiorrelógio soando às 7h45. Era o programa jornalístico da manhã. O âncora contava uma piada sobre um negro e um judeu. A tradicional claque de risadas veio logo em seguida.

Saiu do quarto e foi até a geladeira. Abriu a porta para pegar o vidro de água. Não sem antes olhar para o quadrinho do Garfield que a mulher pregara ali.

Após as abluções matinais de praxe, catou displicentemente o jornal que estava ao lado da caneca de café com leite ilustrada com carinhas de Charles Chaplin de cartola e bigodinho. A primeira página mencionava uma série de chamadas sobre textos de humor.

Um físico escrevia sobre a função do riso. Um poeta descrevia, de modo sarcástico, sua viagem à Eurodisney com os filhos. Uma militante feminista listava suas piadas favoritas sobre os homens chauvinistas.

Procurou a seção "Veículos" para tomar contato com assunto diverso. O anúncio de um carro coreano trazia um título com um trocadilho infame.

Fechou o jornal, tomou um grande gole da caneca e levantou-se. Do quarto, vinha o som metálico do radiorrelógio. Às 8h20 começava a sessão de entrevistas. O convidado de hoje era um dos palhaços do Cirque du Soleil.

O Humorista foi até o computador. Era dia de entregar o texto do *stand-up* para o produtor e não tinha achado um fecho interessante até agora. O tema da micropeça lhe parecia frouxo: "Odeio pessoas que odeiam". Meia hora discorrendo sobre aquilo terminaria ficando tremendamente falso. Pior: chatíssimo.

De mais a mais, existiam na internet milhares de comunidades que diziam odiar algo com o objetivo de ser engraçadinho. Só que o produtor agora estava querendo dar uma de humorista, se metendo em seu texto, era preciso redobrar a atenção, senão perderia o trabalho.

Foi pegar mais café na pia e olhou pela janela.

No cruzamento da rua de seu prédio, uma empresa de promoções distribuía folhetos no semáforo, os promotores todos trajados formalmente de palhaços. Pulavam, dançavam, faziam caretinhas com as bochechas pintadas para os motoristas entediados. Resolveu ir até o escritório do produtor escrever.

Era mais prático, já que o sujeito metia tanto a mão nas ideias. De mais a mais, se ele quisesse criar as situações e as falas, que criasse. Ganharia o cachê de um jeito menos indolor.

Desceu o elevador com o adolescente espinhento do 62. Na camiseta dele havia estampado um cartum de Robert Crumb. Na portaria, o zelador do prédio saudou o Humorista com uma piada, como fazia todo dia ao vê-lo.

– O cara foi levar os exames no médico. O doutor leu os resultados. Aí falou: "Tenho uma notícia boa e uma ruim, qual conto primeiro?". O cara pediu pra ele contar a boa. "Você tem 24 horas de vida", ele disse. "Mas e a ruim, porra?", perguntou o homem, apavorado. Aí o médico falou: "Tentei avisar ontem, mas não te encontrei".

Riram alto, o eco no corredor úmido do prédio reverberou. O servente que lustrava a porta do elevador emendou mais duas, de péssimo gosto, sobre o comportamento sexual dos gaúchos. Mais risadaria, mais eco no corredor. Depois, cumprimentando os dois, o Humorista saiu porta afora para uma caminhada até o escritório.

Estava um dia consideravelmente frio para um verão pleno e escancarado, mas eram comuns em sua cidade temperaturas inusuais em estações do ano em que não deveria acontecer aquilo. Até parecia que o meio ambiente estava fazendo piada com as pessoas. "Olha só, gente: um calor de 37 graus no inverno, um frio de 3 graus na primavera... hahahaha".

Como saíra desprevenido de casa, sem uma jaqueta sequer, resolveu dar uns passos atrás, ir até a garagem e buscar o carro. Ao dar partida, reparou que o automóvel lhe pregara uma peça. Estava com o tanque quase vazio. Teve de parar no primeiro posto, apesar de o preço do combustível ali ser uma verdadeira palhaçada de tão caro, e abastecer num valor quase 20% acima do que costumava pagar.

Quando entregou a chave à frentista dizendo o mantra "pode encher com álcool", ouviu dela:

– Tem certeza?

Ficou por alguns segundos confuso. Nunca haviam lhe dito aquilo em tantos e tantos anos parando em postos e solicitando reabastecimento.

– Como assim, "tem certeza"? Claro que eu tenho...

A frentista respondeu, ironicamente:

– Olha, isso que o senhor me pediu e direção não combinam... Lei seca... cadeia... E me pede pra encher com álcool? Quem avisa, amiga é...

Escancarou a boca cheia de pontes numa risada histérica, ao mesmo tempo que levava a chave até o tanque. Na FM do carro começava a crônica política do dia. O jornalista resolveu resumir seu pensamento em aforismos de humor. As pequenas frases em si nem eram lá muito risíveis, mas o jornalista, logo depois que lia cada uma delas, caía num arrastado e histriônico riso.

Ao sair do posto, o Humorista trocou de estação. Sintonizou uma rádio que transmitia uma pegadinha em forma de trote telefônico. Uma pobre mulher recebia o inesperado telefonema de uma pessoa que perguntava se sua casa era de tolerância. Em sua funda mediocridade, a senhora repetia diversas vezes que a sua casa era normal, que vivia ali uma família comum, que não havia nada de intolerância lá.

Como ele, milhares de pessoas com toda a certeza estavam ouvindo aquilo e rindo em seus carros. Foi escutando a toada até o escritório. Passou pelo guarda malabarista no centro da cidade, pelos meninos e meninas vestidos de Carlitos no semáforo da avenida principal, pelo mendigo-*clown* da entrada da Marginal.

Depois de mais de vinte minutos de trote infame, o marido pegou o telefone e disparou meia dúzia de palavrões em cima do locutor. Uma claque de risos entrou ruidosamente, o casal da casa de tolerância ganhou um curso de técnicas circenses do patrocinador do programa e tudo acabou bem.

No escritório vazio, o Humorista sentou-se diante do computador. Aproveitou a ausência do produtor para remoer ideias antigas, vasculhar trechos inóspitos de sua imaginação feérica. Nada de relevante vinha. Nenhum bom *set-up*, nenhum final surpreendente, sequer uma situação hiperbolicamente bem elaborada. Apelou para ideias *nonsense*, surreais, relembrou frases lapidares de outros colegas do passado.

Por fim, tentou pensar no país, nos políticos, na economia, nos programas de tevê.

Tudo em volta era mais engraçado que ele. Num desespero silencioso, baixou os olhos.

Chorou.

Ursulino

Mais que urso, em termos de saúde, Ursulino era um touro.

Até os 82 anos nunca tivera um defluxo. E o primeiro resfriado que lhe ocorreu curou-o num só dia. Tomando banhos frios de cachoeira e chá com rum – duas garrafas inteiras do cubano.

Era assim com ele. Queria mostrar quem mandava. Estava no comando de sua robusta saúde e espezinhava os que se acovardavam, indo às consultas periódicas, fazendo ridículos exames de rotina.

"Fique longe dos homens de branco quem não quiser morrer antes da hora", costumava filosofar bebendo vinho barato e mordendo um gorduroso salame italiano.

Quando fez 100 anos, ganhou dos parentes uma estátua no jardim. Nela aparecia em forma de Atlas. Um contraparente, metido a artista plástico, também pintou uma tela com o mar batendo numa rocha monstruosa e a batizou de "Ursulino, portento da natureza".

Estava claro que ele deixara de ser um senhor de terceira idade fora dos padrões para ser motivo de vaidade e orgulho da família. Qualquer primo, vizinho ou conhecido, ao ser perguntado sobre Ursulino, respondia com brilho na voz: "É uma fortaleza!".

E a empregada doméstica, uma senhora paraibana corcunda muito feia, limitava-se a ficar repetindo: "Seu Ursulino? Hum, ô véi duro na queda do cão, meu fi!".

Pelos 109 anos, Ursulino deu um susto em seus admiradores. Teve uma dorzinha fina no braço e uma azia forte. Os netos julgaram que ele enfartava. O mais velho levou-o, sob protestos, a um pronto-socorro próximo.

Em uma hora, dezenas de curiosos do bairro se aglomeravam na sala de espera do PS. Todos buscando novas sobre aquele ícone da vitalidade humana.

Quando estavam num canto interrogando a enfermeira de plantão, o próprio Ursulino saiu andando lá de dentro.

Tia Noca, nervosíssima, berrou lá da porta da frente:

– Linozinho! Tu, doente? Pode uma coisa dessas?

Ele deu de ombros, com expressão enfastiada. Usando o vozeirão que o caracterizava, explicou ironicamente:

– Acharam que era coração. Examina daqui, alfineta dali, não encontraram foi nada. Só que ninguém me perguntava o que eu achava que era...

– E o que era, homem de Deus? Diz logo!

– Na hora que me deixaram abrir a boca, eu falei pro doutorzinho lá: "Moço, eu comi dobradinha com toicinho. Fui de madrugada na geladeira, meti na boca, direto da panela, com muita pimenta e farinha. Se eu puder me aquietar num vaso, soltar uns três ou quatro peidos, saio daqui já, já".

– E eles?

– Deixaram eu ir. Queriam me levar na cadeira de rodas, mas recusei. Passei quinze minutos dando uns traques e saí bonzinho.

– Avalie! Chega a tá corado, Linozinho.

– Peido, ô santo remédio, minha filha! Um homem que caga todo dia sabe o que é o paraíso!

Rumaram para o bar do Tomate com o objetivo de comemorar a bem-aventurança de Ursulino. Cerveja gelada, pinga e torresmo de barriga de porca para quem se achegasse.

O velho foi o último a deixar a bodega, ali pelas quatro e meia. Isso porque ficou de olho comprido para uma mocinha que a sobrinha trouxera da faculdade. Queria porque queria cantar para a rapariga no velho violão Del Vecchio de casa.

Conseguiu. E o que Ursulino, o que diariamente ridicularizava a Morte, não conseguiria? A cantoria acabou às sete da matina, quando o padeiro largou leite e ovos na soleira da porta. Ursulino pediu omelete de *bacon* à empregada, engoliu-o com café preto e foi se deitar.

Acordou no meio da tarde para um banho completo.

Comportava-se como criança nessas ocasiões, cantando e dançando em meio à espuma. Foi numa dessas micagens, em cima do chão molhado do box, que acabou arriando os quartos no chão e quebrando as cadeiras.

Mandaram-se todos às pressas para o hospital. Deu-se o de sempre: cirurgia, UTI, o escambau.

Não houve jeito desta vez. Oito longos meses depois, as complicações da operação levaram Ursulino para o ladinho de Nosso Senhor. Coroas de flores, padres, pastores, rabinos, rabecão. Centenas de pessoas comprimindo-se na câmara onde o velavam.

Calor do norte da África. No momento em que fechavam o caixão, uma vizinha de porta, já septuagenária, começou a berrar em completo desespero:

– Ai, meu Jesus: morreu, morreu! Ursulino morreu!

Daí a irmã de tia Noca, moça velha, sem papas na língua, esbravejou mais alto do lado oposto:

– Morreu! Mas foi de erro médico, viu?

Dieta do tipo sanguíneo – para junkies

TIPO A

Junkies do grupo sanguíneo A são mais sensíveis às drogas francamente químicas. Por outro lado, ao serem colocados diante de outros estupefacientes de caráter orgânico, podem desenvolver reações adversas, como apneia, urticária, crises de lumbago e vontade irresistível de dizer a palavra "guariroba" em contextos inadequados.

DROGAS COMPATÍVEIS: Speedball, Amitriptilina, Bupropion, Citalopram, Clomipramina, Duloxetina, Escitalopram, Flunarizina, Fluoxetina, Fluvoxamina, Maprotilina e Chá de Lírio (gelado).

DROGAS NEUTRAS: Mianserina, Milnaciprano, Moclobemida, Nefazodona, Paroxetina, Sertralina, Tranilcipromina, Venlafaxina, Aspirina, Butazona.

DROGAS NOCIVAS: Tabaco, Cafeína, Cola de Sapateiro, Pervitin, Refrigerante Convenção Uva Light.

TIPO B

Diferentemente das pessoas de sangue tipo A, o grupo B é sensível negativamente às drogas químicas e afeito ao chamado caminho natural. Esse gênero teve origem em grupamentos nômades da América que saíram em jangadas (do jamaicano: jah-in-a-gadda-da vida) rumo a São Luís do Maranhão e foram se alimentando nas áreas litorâneas de ervas, raízes e garrafadas. O resultado foi muito louco.

DROGAS COMPATÍVEIS: *Cannabis sativa*.

DROGAS NEUTRAS: Maricas, Piteiras, Cachimbos de *Cannabis sativa*, Bolo de Maconha.

DROGAS NOCIVAS: Cedês piratas "Reggae Direto" das radiolas da Praia do Calhau.

TIPO O

O grupo sanguíneo O combina muito bem com opiáceos. O que não quer dizer que rejeitem um galináceo, desde que este venha recheado com bastante farinha branca. É o tipo que possui menos opções de consumo. Por outro lado, é o mais "direto ao ponto". Se a ideia é abrir os trabalhos, não criem rituais como os do grupo B, que gostam de cantar mantras, rolar na areia e uivar para a Lua antes de pegar o bagulho propriamente dito. Encaçapam a camisinha de boliviana nos fundos e estamos conversados.

DROGAS COMPATÍVEIS: Ópio, Buprenorfina, Codeína, Heroína, Metadona, Morfina, Cocaína.

DROGAS NEUTRAS: Cogumelos, Diazepam, Éter e Clorofórmio.

DROGAS NOCIVAS: Haxixe, Crack, Vodka Balalaika servida ao natural em copo americano.

TIPO AB

Mais conhecido por grupo Cascavel, vive balançando umas pedrinhas (nesse caso, de gelo, não de crack) num copo alto e fazendo o som de chocalho do conhecido animal peçonhento. Isso quando têm capital para bancar o vício. Quando estão sem nenhum, vão de Corote ou álcool Zulu, sem cerimônia. O curioso é que nessa tipologia, uma das mais aceitas pela sociedade, é que acontece o maior índice de óbitos. E sempre pela mesma causa: incêndio.

DROGAS COMPATÍVEIS: Cynar com pinga Coquinho, 51, Espremidinha, Farmacinha, Porradinha, Fernet, Schnapps, Licor de Ovos, Fogo Paulista.

DROGAS NEUTRAS: Chope de vinho (quente), Amarula, Jurupinga, jilós fritos ao molho de raiz-forte.

DROGAS NOCIVAS: Engov, Eparema, Caracu com ovo, Caracu com ovo ao som de Benito di Paula.

Papai Noel e o marketing

– E então, como ficou a criação do personagem-ícone do Natal?
 – Trouxemos uns *layouts* com ele em algumas situações e figurinos.
 – Vamos dar uma olhada geral?
 – Ok, essa é a primeira situação. Ele seria um cara jovem, meio canalhão, e usaria uma camiseta apertada, mostrando peitoral, bíceps. A consumidora feminina, com certeza, adoraria um tipo assim.
 – Faz sentido. É ela quem define as compras em casa. Mas, por outro lado, me parece um pouco fechado demais num universo só. Muito classe A/B também.
 – Ah, ele anda com um saco na mão, sempre cheio de presentes. Passa uma virilidade, a coisa do macho alfa provedor. As classes C e D teriam identificação com esse aspecto, não acha?
 – Vocês chegaram a ler alguma pesquisa qualitativa sobre o tema? Meio arriscado aprovar assim sem um embasamento. Mostra o outro...
 – Bem, aqui seria um sujeito, como eu posso dizer... mais afeminado.
 – Hum, hum.
 – Não necessariamente pela atitude, entende?
 – Sei. Ele não é uma bicha louca, é mais um simpatizante.
 – É, é. Afeminado pelas roupas vermelhas que ele usa e tal.
 – Veludo vermelho?
 – Exato. E no entorno tem renas, alces e esses duendes. Dão um toque surreal ao ambiente em que ele transita. Lembra do Pee-wee Herman?

– O humorista andrógino?

– Ele tinha uma pegada gay light, assexuada, dava o maior samba.

– Huuuummmm. Tem mais opções na pasta de vocês?

– Tem o velhinho bêbado.

– Curioso. Deixa eu ver.

– A gente partiu da ideia de que um personagem assim despertaria a piedade das pessoas. Final de ano, todo mundo sensibilizado. Aí surge esse cara de barbas brancas, bochechas rosadas, bêbado e falando onomatopeias estúpidas, tipo "ho, ho, ho", frases desconexas, sabe?

– E qual seria a vantagem do ponto de vista do marketing?

– Bom, essa seria uma opção menos "right sizing", mas que pegaria pelo emocional, a vontade íntima de as pessoas quererem ajudar um vovozinho de fogo.

– Ho, ho, ho?

– Sim, seria o "gimmick" sonoro do personagem.

– Qual opção agradou mais o Planejamento Estratégico?

– Hã, eles criaram um tipo deles...

– Como era?

– A gente não concordou muito. Mas, por eles, ficaria uma mistura do velhinho de barbas brancas com o gay de roupa de veludo vermelho...

– Interessante!

– Acha mesmo?

– Sim! E olha: coloca o velho segurando o saco de presentes do canalhão com esses veados todos em volta!

– Sério?

– Ho, ho, ho! O "gimmick" sonoro é muito bom, cheio de *nonsense*! Vai pegar! Manda o orçamento amanhã pro Financeiro, sem falta!

Castigo e crime

Recesso de fim de ano.

Hora de abrir os horizontes, fechar as malas e fugir da cidade. Aos poucos, São Paulo vai ficando cheia de desvãos.

A família de Pires o esperava havia uma semana numa pousada. Ele, esposa e o pequeno Diego passariam as festas numa praia do litoral norte, velho sonho.

Homem metódico, quase jesuítico, Pires começara a se preparar para a viagem com 72 horas de antecedência. Pagou diarista para deixar casa e roupas em ordem. Separou contas de fim de ano numa pasta. Foi à internet, agendou pagamento.

Só que, ao separar seus pertences para colocar na mala, olhou para o beiral da janela do quarto de Diego, e quem estava lá?

Berry, o peixe beta.

Pires teve um sobressalto, uma quase hemiplegia, ao ver o bichinho de estimação do filho ali nadando, em sua felicidade bronca e pisciana. Passariam uma semana fora de casa. Todos, inclusive a empregada, estariam comemorando as festas. Quem trocaria a água e colocaria aqueles farelinhos amarelecidos para o Berry comer?

Faltavam ainda 48 horas para a partida e nada lhe ocorria sobre o que fazer com o animalzinho. Foi à chopada do escritório. E mesmo ali, entre os colegas, não lhe saía da mente o maldito peixe.

Sim, talvez só restasse mesmo parar de alimentá-lo a partir dessa madrugada. Não trocar a água o forçaria a entrar em pré--coma, morrendo antes da viagem. Porque se ele morrer durante a semana em que estivermos na pousada, o cheiro dentro de casa ficará insuportável. Diego voltando no comecinho de janeiro: "Cadê o Berry, cadê o meu peixinho lindo e querido, papai?". E o bicho podre e esfacelado dentro do aquário. Não! Tudo, menos isso. É mesmo o caso de ir assassinando Berry aos poucos. Sem comida hoje, água suja amanhã e um abraço.

"Chegou embriagado em casa e foi direto ao beiral. Berry nadava, alheio a tudo. Sua cor estava ainda mais bonita, as manchas vermelhas contrastando com o lombo azul.

"Vamos ver amanhã o dia inteiro sem refeição", pensou Pires.

Deitou-se.

Vieram direto a seu subconsciente pesadelos terríveis em que se afogava num rio barrento. Na manhã seguinte, saiu direto do quarto para o escritório, sem nem olhar para o peixe.

Procurou se enfiar na rotina de final de ano, voltando apenas às suas reflexões quando estava no trânsito, já de noite, de volta do escritório.

"Deve ter morrido. Mas o que é para o universo a eliminação de um estúpido peixe beta? Um animal que vive num vidrinho diminuto de 15 x 10 centímetros? E não me venham com o discurso clássico de que o bater das asas de uma borboleta na Amazônia provoca um terremoto no Arizona. Física quântica, essa balela toda. Berry morreu, antes ele do que eu. Não mereço um castigo desses depois de ter ralado 355 dias no ano."

Abriu a porta, correu ao beiral e, ao contrário das expectativas, Berry estava vivinho da silva. E ainda por cima com uma carinha pidona de "quero raçãozinha".

– Peixe filho da puuuta! – berrou Pires. – Eu vou te mostrar quem manda na porra dessa birosca!

Pegou o aquariozinho com brutalidade e, mesmo sabendo que as trocas de água não devem ser feitas direto na torneira – para evitar um choque térmico –, jogou o líquido frio sobre Berry. Este nadou em desespero, até que o jorro parasse de fazer redemoinho.

Pires gritava:

– Morre! Morre! Morre!

Largou tudo sobre a pia do banheiro, caiu exausto na cama e roncou até de manhã.

Chegara o dia da partida. Pires pegou a mala e foi até o banheiro lançar os restos mortais de Berry no lixo. Mas... de novo a carinha de "me dá comida", agora na água limpa e oxigenada.

Céus, só podia estar pagando um grande pecado. E o pior era que a chave se invertera. Imaginar-se jogando Berry vivo na privada, como chegara a tramar no dia anterior, era algo que lhe dava engulhos. Um sentimento de piedade se acercou dele. Era preciso dar o peixe, símbolo do cristianismo primitivo, a quem pudesse assegurar seu destino.

Foi o que fez. Colocou a bagagem no porta-malas e saiu, aquário de Berry numa das mãos, caçando quem pudesse abrigá-lo. Rodou com o carro cerca de meia hora, até encontrar um menino todo sujo e maltrapilho no semáforo.

– Quer esse peixinho, filho? O nome dele é Berry.

– Berry? – os olhos do pivete se encheram de alegria. – Deixa eu ver?

– Toma, fica com ele – disse Pires, voz embargada.

O menino pegou o presente com enorme satisfação. E, sem perda de tempo, meteu os dedinhos na água, puxou Berry pelas nadadeiras e o comeu.

Terapia

– E então, Alexandra, como foi da última sessão para cá? Quer dizer algo?
   – Foi bem curioso.
   – Curioso?
   – É que nunca tinha me acontecido isso. E acho que você sabe...
   – ... sabe o quê?
   – Que eu não sou uma vaca.
   – Hum, hum.
   – Quando terminei com o Norberto, falei na última sessão que terminei com o Norberto, não falei?
   – Falou.
   – É, terminei com ele e, uns dias depois, fui pro Rio.
   – Me recordo de você ter dito que ia viajar.
   – Fiquei lá quietinha, trabalhando que nem uma maluca na filial carioca. Do escritório pro hotel, do hotel pro escritório. Só que na volta, quando tomei o táxi em Congonhas, já fui pegando o celular e mandando torpedos, torpedos, torpedos. Pra todos os caras que trombei na vida. Uma loucura.
   – Por que loucura?
   – Rolou uma coisa que eu tinha que dar pra alguém. E tinha que ser meio imediato, entende? Não sei direito o porquê.
   – Hum, hum.
   – Dar, estou dizendo DAR, Giorgio. Trepar, foder, percebe?
   – Sim.

– Não faz essa cara, por favor! Parece que eu digo isso e é como se estivesse falando que vou comprar chiclete na padaria.

– O que pensa disso?

– Não pensei em nada, Giorgio, simplesmente agi. O cara do táxi era um senhor, mas bem cuidado, sem barriga, odeio homem barrigudo. Cruzei as pernas no banco de trás e fiquei mostrando a calcinha pro espelho dele. Se a minha ideia era dar, trepar, foder, por que não fazer isso com aquele ali? Nunca dei pra taxista.

– E aconteceu?

– Esse é o problema. Não aconteceu. O tiozinho me ignorou. Ele dava mais atenção ao GPS no para-brisa do que às minhas coxas, à minha calcinha branca da Victoria's Secret. Mas você me conhece, não sou de desistir. Fui pro meu apartamento, chorei, chorei, chorei. Depois tomei um banho ainda chorando, uma vodiquinha, me perfumei, botei minissaia e decote pra ir à luta.

– A ideia de fazer sexo imediatamente ainda persistia, Alexandra?

– De fazer sexo não, Giorgio. De dar, de trepar, de foder!

– Sim.

– Bom, liguei pra um restaurante japonês e pedi um sushi. O motoboy do restaurante subiu. Quando entrou na minha sala, me pegou sem a parte de cima da blusa.

– Hum, hum.

– Caprichei na cara de tarada praquele rapazinho espinhento, sujo de graxa, lindo.

– E conseguiu seu intento dessa vez?

– Não.

– Por quê?

– O menino era um cagão, Giorgio. Jogou o sushi de qualquer jeito em cima de uma mesinha de apoio *Belle Époque* que tenho e saiu correndo escada abaixo...

— Entendo.

— Não, você não entende, Giorgio. Uma mulher jovem, bem-sucedida, bonita, cheirosa, querendo dar pra qualquer um e ninguém quer pegar?

— E depois?

— Bom, chorei, chorei, chorei e fui em frente. Liguei pra um colega meu, diretor de arte da agência de propaganda que apresenta as campanhas pra nossa empresa.

— Sim.

— Caprichei na voz rouca e sensual, cara. Se o dono de uma empresa de telessexo me ouvisse, contratava na hora. Marquei com ele à noite num barzinho da Vila Madalena.

— Compreendo.

— É, você compreendeu, mas ele não sacou nada. Nada. Tomamos vinho, comemos umas tapas e, lá pelas tantas, pedi pra irmos embora. Só que ele não dizia nada. Aí tomei a iniciativa. Convidei o bonitão pra ir à minha casa.

— E ele foi?

— Foi e brochou.

— Sim?

— Sim, a brochada mais sensacional do universo.

— Sensacional?

— O sujeito não só brochou como teve uma queda violenta de pressão. Acabei a noite com ele num pronto-socorro cardiológico.

— E o que você tirou disso?

— Tirei que um pronto-socorro é um ótimo lugar pra se encontrar homem interessante. Enquanto o atendiam, fiquei conversando com um motorista de ambulância. Um cara meio índio, caladão, rude, mas intrigante, sabe?

— E então?

— Fui direta com ele, com pessoas menos sofisticadas é possível ser assim, você sabe. Olhei no fundo dos olhos do *bad boy* e disse: "Olha, querido, eu percebi que você estava olhando pra minha bunda – e aí, quer me comer ou não quer?". A princípio ele desconfiou. Mas, diante da minha certeza, topou ir comigo a um quarto de enfermaria.

– Satisfez, portanto, a sua pulsão, imagino.

– O caralho, Giorgio, o caralho! Bem na hora que a gente se pegou, tocou o Nextel do índio. Tinham atropelado uma velha na Nove de Julho e ele precisava correr pra lá de sirene ligada...

– Compreendo, Alexandra. E o que pensa fazer a partir dessa experiência?

– ...

– O que pensa fazer?

– ...

– Alexandra, para de me olhar desse jeito!

A metelança

Quatro e quinze da manhã. E aquele miado de gata. Romeu levantou abruptamente da cama. Passou a mão pelos olhos remelentos, apurou os ouvidos. Percebeu logo que era a vizinha de cima copulando.

Haviam se mudado para o novo apartamento fazia poucos dias. E, gradualmente, conheciam as manias dos outros condôminos.

O velhinho do 34, que Norma apelidara maldosamente de "Enfisema Ambulante", sempre com um cigarro entre os dedos amarelecidos e uma tosse de cachorro estranhíssima.

O bebê de poucos meses do 52 – que chorava seguidamente da meia-noite às três da madrugada – e a mãe só repetindo: "Disciplina nesse berço, disciplina, Mariana!". Ou o advogado de meia-idade que defecava ruidosamente pontualmente às onze e quinze da noite, nem um minuto a menos, nem um minuto a mais.

Mas nada se comparava ao que Romeu ouvia agora. Aquilo não era mais uma relação sexual, era um capítulo do *Kama Sutra* com som quadrifônico, movimento e em 3D. Isso porque a dona tinha a estranha capacidade de fazer sexo em vários cômodos e muito rapidamente.

Ouvia ela berrar "HAAAAAAAA HUA HUA" quase em cima de sua cabeça – o que significava que transava no quarto. E, alguns segundos depois, o grito já virava um "haaaaaaa hua hua" baixinho, lá nos confins da lavanderia.

Isso tudo acompanhado de um arrastar fino de saltos palito. Romeu pensava que talvez a vizinha fosse um misto de velocista com atriz pornô quando Norma interrompeu seus pensamentos.

– Coisa, hein?

Romeu tentou abstrair.

– Que coisa?

– Essa metelança, Romeu. O que poderia ser?

Metelança. Norma nunca usara essa expressão. Estaria excitada com o furdunço do 78?

– Parece que ela transa correndo, né? Uma hora está no quarto, outra no banheiro, depois parece que vai lá pros fundos do apartamento – constatou Romeu.

– Pois é. Agora, uma coisa me chama mais atenção do que isso.

– Quê?

– Esses gritos. Não pode ser de prazer uma coisa dessas.

– Vai ser é sexo anal.

– Sexo anal pra muita gente dá prazer, sabia, Romeu? Só que uma pessoa não grita desse jeito só por estar gozando.

Parecia até que a vizinha ouvia o diálogo no escuro. Bem nessa hora soltou um "HAAAAAAAA HUA HUA" gigante, dessa vez da cozinha.

– Olha aí – disse Norma –, essa mulher deve ter algum problema de lubrificação. Sabe aquela doença que, quando vem a penetração, a pessoa sente dor?

– Exame de próstata?

– Não, Romeu, vaginismo, se não me engano. Dói quando tem relação.

– Mas então, se dói, por que ela corre do quarto pra lavanderia, da lavanderia pra sala?

– Vai ver, arde.

– Olha, não sei, não. Me parece que isso é uma trepada animal, isso, sim.

Sem ouvir o que Romeu dissera, Norma emendou:

– Ou então ele bate nela. É isso! Essa mulher está sendo espancada!

Romeu coçou a cabeça, levantou-se.

– Aonde você vai?

– Mijar.

– Acho que você devia aproveitar o embalo e ligar pra polícia, Romeu.

– Polícia?

Quando Norma encasquetava com uma coisa, era impossível contornar.

– É, polícia, sim, senhor. Essa dona está apanhando. Escuta isso: são gritos de dor, de pavor.

A mulher berrou algo meio cifrado, um eco chegou no apartamento deles sob a forma de um "....ERDA!". Romeu fez um cone com a mão no ouvido e comentou:

– O que foi que ela disse?

– Nossa, Romeu, o maníaco está fazendo a pobre coitada comer fezes.

– Você enlouqueceu, Norma? Isso é uma coisa de aprovação, você não percebe? Merda! Quer dizer: que delícia. O oposto...

– Eu ouvi direitinho ela dizendo "NÃO vou comer merda!". Um psicopata no nosso prédio fazendo horrores a uma mulher. E você não toma a atitude de ligar pra PM agora!

Romeu foi mais longe. Vestiu-se, desceu até a calçada e foi fumando um cigarro até a esquina, onde havia uma farmácia 24 horas. Um tempo depois, voltou ao quarto. Vestiu novamente o pijama e deitou-se ao lado da mulher.

– E aí, que horas a polícia chega? – inquiriu a esposa.

– Mas eu não chamei a polícia – informou ele.

– Não? E foi aonde, esse tempo todo?

– Na farmácia.

– Farmácia?

– É.

– ...

– Comprei um gel lubrificante e deixei na porta do apartamento dela. Se for problema de secura, da próxima vez ela faz a metelança sem gritar.

Dizendo isso, Romeu virou-se para o lado e foi para os braços de Morfeu.

Blindam-se políticos – tratar aqui

Até bem pouco tempo, a blindagem era feita exclusivamente em tanques de guerra ou encouraçados da Marinha.

Alguns anos mais tarde, com a explosão dos automóveis dos militares que faziam a guerra, passou a ser colocada nos veículos deles também.

Mais um pouco e começaram a instalar esse tipo de proteção em carros de cidadãos comuns, que temiam a guerra civil em seus países subdesenvolvidos.

Hoje, a blindagem está disseminada por toda a sociedade.

Tem até janela de boteco blindada em certas favelas do Rio.

Mas o mais curioso acontecimento dos dias atuais é a blindagem de gente. Em sua maioria, autoridades da política.

O político participa direta ou indiretamente de alguma falcatrua e seus aliados já dizem logo:

– Não tem saída, agora só blindando.

O hábito vem ganhando corpo e pode alterar profundamente muitos de nossos usos e costumes.

– Epaminondas, você fez bronzeamento artificial e a máquina deu curto-circuito?! Meu amor, você tá da cor de uma pedra de carvão!

– Que nada, Isolda, isso é o *insulfilm* que o pessoal do partido resolveu aplicar em mim pra evitar as calúnias dos meus desafetos.

Ou ainda:

– Apaga a luz, vai, querida, tô cansado. Essas investigações não acabam nunca, tô só o pó.

– Huuum, tadinho. Vem cá, me dá um abraço e um beijinho antes, vem!

– Ai, sei não, tô só o bagaço. Outra hora a gente...

– Eu cuido do meu ministrozinho, deixa comigo.

– ...

– Ui! O que é isso em você, Trozinho?

– Eh...

– QUE É ESSA COISA DURA?

– Ué?

– PARECE UMA CASCA DE BESOURO – AGH!

– Não te falei que me blindaram, não?

A blindagem de políticos tem tudo para ser o fenômeno social da década. Ninguém vai se assustar mais ao ler um classificado de jornal assim:

"Parlamentar experiente, seminovo, sem partido e totalmente blindado procura Câmara Municipal turbulenta para promover conchavos e fechamento de acordos espúrios entre agremiações.

Tratar Lago Sul QI 1117, Brasília-DF".

Ou mesmo se o jornal televisivo noturno disser algo dessa ordem:

"Últimas notícias. O presidente seguiu hoje pela manhã para a Alemanha. Ali, nas instalações da antiga fábrica de tanques Panzer, recolocará uma nova blindagem mais resistente, evitando com isso o vandalismo da oposição. Boa noite...".

No frigir dos ovos, só uma coisa seria desfavorável à nova tendência: a inexorável burocratização da blindagem. Se for preciso, como acontece nas repúblicas, aprovação federal para que se proteja alguém, vem aí mais corrupção.

Assim como o "habite-se", o "blinde-se" pode gerar mais uma vergonha nacional: o blindoduto.

A competição

O jantar na casa de Lana e Rubito já entrava pela musse de cavaquinha quando Rúbia comentou o crime:

– Assaltaram nosso apartamento anteontem. Uma gangue conseguiu entrar. Foi um horror!

Esmeralda Couto Lins deu um gritinho abafado.

Rúbia continuou o relato:

– Passaram pelos 16 cães de guarda importados da Alemanha, depois de os envenenarem com antraz roubado da máfia russa.

Foi um "ohhhh!" geral na mesa de trinta lugares de castanheira amazonense legítima.

– Foram entrando nas *town houses* e pegando os brilhantes, apanhando os dólares, euros, bebendo champanhe do gargalo. Ai, gente mais bárbara, nem gosto de me lembrar...

Foi a vez de Deco Lins Arruda Lóes Filho dar o seu depoimento:

– O meu assalto é que foi uma pirotecnia! Imaginem vocês que os marginais entraram na minha mansão de helicóptero.

Foi um "que horrooor!" generalizado.

– Isso mesmo. Pousaram no meu jardim, coitados dos meus flamingos, ficaram em polvorosa!

– Tadinhos dos flamingozinhos fofinhos! – berrou da ponta da mesa Licinha Mendes Blanco, que tinha a mania de dizer tudo no diminutivo.

– E o que os ladrões fizeram? – quis saber Rúbia.

– Bom, tiveram que enfrentar a minha segurança treinada em Israel. Foram recebidos a bala, isso, sim.

– Seus seguranças os afastaram? – quiseram saber todos.

– Até o momento em que, de um iate ancorado no meio do mar, os bandidos lançaram um míssil água-ar sobre o meu pessoal. Não sobrou um pedaço de Nextel dos pobres infelizes.

Todos ficaram em silêncio. Só Licinha comentou a tragédia:

– Tadinhos dos segurançazinhos do Dequinho!

Tuco Neiva e Cintra bateu na tacinha de água, pedindo a palavra. Foi dada.

– Me perdoa, Deco. Mas assalto, assalto mesmo, foi o que fizeram comigo.

– Ah, é? – replicou Deco, sem conseguir esconder a inveja.

– Sequestro-relâmpago na Haddock Lobo. Eu vinha do escritório no meu Lamborghini e, por incrível que pareça, conseguiram me abordar.

Deco interrompeu:

– Mas sequestro-relâmpago? Francamente, Tuco, isso é coisa de pobre.

– Acontece, meu querido, que o meu caixa eletrônico é na Suíça. Os bandidos me puseram num jatinho e me fizeram sacar a grana numa praça no centro de Zurique – explicou Tuco.

Nesse momento, Nestor "Baby" Whately Sobrinho bateu na taça. Permissão dada, ele retrucou:

– E eu, que fui assaltado pelo papa, numa audiência no Vaticano? Pegou minha carteira quando me abaixei pra beijar a mão dele. Cleptomaníaco filho da mãe!

Da ponta da mesa, Licinha disparou:

– Papa cleptomanozinho safadinho!

Biografias possíveis: Grigóri Paves

Grigóri Paves nasce em Moscou no ano de 1940.

Estuda linguística com um discípulo de Roman Jakobson e redige, ainda muito jovem, sua tese de doutorado: "Montes Urais: o que um Morro Pode Ensinar sobre Linguagem Poética".

A polêmica dissertação traz paralelos desconcertantes entre a cadeia de montanhas e a nascente poesia concreta eslava.

Logo após a defesa da tese, quando se dirige a seu apartamento na universidade, Grigóri é abordado pela KGB.

O Partido achava que no pensamento de Paves havia uma mensagem subliminar: o povo estaria sendo incitado a jogar pedras nos ícones soviéticos.

Fica três meses em interrogatório na Sibéria. Até que, por intervenção de sua esposa, Ana Karenina Paves – ministra do Racionamento de Carne de Porco –, Grigóri é deportado (dentro de um contêiner de banha suína) para o Rio de Janeiro.

Ao olhar a Baía de Guanabara do navio, Paves fica absolutamente maravilhado com tantos morros e morrotes.

Procura a reitoria da Universidade Federal Fluminense e defende que sua tese seria de grande valia para a cidade. E solicita a cadeira de titular em semiologia russa.

Sua indicação é aprovada por unanimidade. E Paves começa a pesquisar relações entre morros e poesia popular carioca.

Numa de suas incursões ao Morro do Castelo, conhece Conceição.

A fogosa mulata era dona de uma vendinha no centrinho da favela.

Inicia-se a transformação na vida do intelectual.

Apaixonado, ele abandona a carreira acadêmica e vai trabalhar como chapeiro no bar da amante.

Com a simpatia que vai granjeando (oferece doses de vodca de graça para os meninos carentes do morro), logo passa a ser uma figura folclórica no pedaço.

O "dono do morro" sente grande apreço pelo estrangeiro e passa a chamá-lo de Pavão.

Um dia, quando Grigóri Pavão vai assistir ao ensaio de uma escola de samba, um dos bicheiros lança-lhe um desafio: por que o russo, mestre em poesia, não escreve a letra do samba-enredo?

Pavão volta para o barraco de Conceição e, naquela mesma madrugada, cria o revolucionário enredo desconstrutivista "Olê, olá, olá, olê", com o seguinte refrão:

Olê, olá

Olá, olê

Laô, laê

Elo, alê!

(*Nasdrovie!* – duas vezes)

Laô, laê

Elo, alê

Olê, olá

Olá, olê!

Numa terça-feira gorda de 1982, Grigóri Paves morre, vítima de apedrejamento, logo após a exibição de sua escola na avenida.

O bandalho

Na primeira vez que Caco, Silviola e Ernesto viram Rochinha, e isso foi ainda no tempo da ditadura, ele já foi armando uma das suas brincadeiras sem graça. E em pleno ambiente corporativo.

Um dos donos da empresa passava ao lado. Então, sem nenhuma cerimônia, Rochinha mandou:

– Muito prazer, Mário Rocha Baldacci, gerente de comunicação. E o senhor, quem é, o contínuo novo?

Doutor Camunha, homem ensimesmado e tímido, saiu bufando da sala com a palhaçada.

Rochinha gargalhava, os dentes tortos surgindo arreganhadamente infames. E os colegas de departamento mal sabendo o que fazer.

Um dia, Silviola se separou da noiva com quem estava havia mais de cinco anos. Rochinha espalhou para Deus e o mundo que a causa do litígio fora um fato insólito, que beirava o surreal. Tudo inventado, naturalmente, por sua criativa mente.

Na versão de Rochinha, Silviola descobrira que a noiva era transexual.

Mas, apaixonado, ele mantivera uma vida em comum, inclusive sexual, por todos aqueles anos. Tudo seguia bem quando a mãe de Silviola resolveu fazer uma visita-surpresa ao filho.

Acabou pegando os dois meninos brincando na cama.

– ...aí o Silviola teve que terminar com a Deise, que, na verdade, se chama Aurélio – explicava o fanfarrão aos colegas com a cara mais limpa do mundo.

– Cacete! É por isso que o Silviola anda tão arrasado... – reagiam uns.

– Também, não é pra menos, o cara pensar que está com uma mina e, na real, estar com um "mino" – reagiam outros.

A verdade é que a brincadeira queimou o filme de Silviola por uns bons dois anos. Para se recolocar no mercado, o pobre teve que ir de amigo em amigo, de mulher em mulher, de parente em parente, e explicar que aquilo não passava de uma invencionice maldosa promovida por um colega de trabalho.

Mas nem todos se convenciam imediatamente de que Deise não era Aurélio. Foi um parto. Ainda assim, Rochinha não se emendava.

Em um fim de tarde, foram os quatro amigos tomar as cervejas de sempre no bar de sempre. O boteco era tão pé pra fora que nem nome tinha. Para poder ser chamado de "sujinho", teria que passar por umas quatro lavagens completas de esguicho, escovinha e muito sabão em pó. E ainda possuía um agravante: ficava bem em frente ao prédio do DOPS – o temido, à época, Departamento de Ordem Política e Social.

Os parceiros, contudo, adoravam a temperatura do "suco de cevada" de lá e a conserva de batatinha-inglesa que a mulher do dono preparava religiosamente. Nesse dia, sentaram-se bem próximo a três investigadores – um mais mal-encarado que o outro.

Os "hómi" mandavam suas biritas fechados em copas, nem entre eles parlamentavam. Rochinha mediu o grupo e disse aos colegas:

– Querem apostar como eu faço um investigador desses passar por besta?

Ernesto foi o primeiro a se inquietar com a proposta.

– Pô, bicho, tamos em plena ditadura militar, não vai começar com as tuas merdas, logo com os porras aí...

– Que nada! – desdenhou Rochinha. – Vocês é que são uns cagões.

– Fica na tua, meu chapa! – Caco discordou de Rochinha. – Você não tá vendo a situação?

Silviola, ainda chateado com a esculhambação por que passara recentemente, não dizia palavra, só bebia e fumava seu Continental com cara de corno.

Acontece que Rochinha, quando teimava que tinha que zoar alguém, não havia alma que o fizesse mudar de rumo. Foi que foi, até conseguir o seu intento. Chamou o Ananias, garçom do pedaço, e solicitou:

– Tá vendo aquele polícia do DOPS mal-encarado ali?

– Tô, seu Mário. É o Dutra.

– Pois vai lá e diz pra ele que tem um irmão do Carlos Marighella aqui na mesa querendo tirar satisfação com ele.

– Ernesto interrompeu:

– Mário, ficou maluco, caralho?

Caco se alterou:

– Putz, tu só faz merda!

Silviola balançava a cabeça, deprimido.

– Apesar dos protestos, lá se foi o Ananias dar o recado ao meganha.

Meio minuto depois, o investigador foi até a mesa de Rochinha.

– Quem é o parente do Marighella que quer tirar satisfação comigo? – perguntou em tom sorumbático.

Rochinha soltou sua mais histriônica gargalhada e, ainda de dentadura arreganhada, respondeu:

– Sempre alerta, hein, oficial? Isso é que é amor à pátria! Mas fique sossegado, que não sou nem de longe aparentado do temível terrorista...

O tenente Dutra literalmente ferveu. As bochechas ficaram tintas. Saiu dali feito um jato e passou batido pela mesa dos outros agentes, indo até o banheiro lavar o rosto. Voltou minutos depois, direto a Rochinha, que ainda ria desbragadamente do trote aplicado.

– Escuta uma coisa, cidadão.

– Sou todo ouvidos, oficial.

– O senhor me ofendeu. Pior, me ofendeu na frente dos meus colegas. Não admito que façam uma coisa dessas. Por isso, eu vou sair aqui do bar e ficar ali fora, na calçada. Quando o senhor sair, eu vou lhe matar. M-a-t-a-r, entendeu?

E saiu para a rua, se encostando num poste diante do boteco de sempre.

Ernesto entrou em desespero.

– Olha aí! Não falei que ia dar bosta? Puta que o pariu, o torturador vai acabar contigo, bicho!

O próprio Rochinha não estava mais naquela segurança toda. Acinzentara-se. Ostentava um meio sorriso. Um ar de perplexidade formara-se logo após a fala de Dutra.

Caco era o mais ponderado do quarteto, mas acabou se amofinando. No entanto, como também era o mais diplomático, decidiu, num supetão, ir até a mesa dos "hómi".

Era abrir um canal de comunicação ou a morte.

– Prazer, Carlos Henrique... Caco. Somos redatores aqui de uma empresa de relações públicas e...

– Você então é chegado do cara que fodeu o Dutra?

– Bom, a gente...

– Olha, vocês entraram numa enrascada. O Dutra é pinéu.

– Como assim?

– É doido. Já foi inclusive afastado do serviço militar por causa das animalidades dele. Esgoela gente do nada, horror, horror...

Eles falavam e o Dutra lá de pé, esperando o Rochinha na rua. Caco gaguejava de nervoso.

– Ma-ma-mas...

– ... quando o Dutra encasqueta, é foda. Olha lá ele de tocaia na calçada. Teu amigo tá funhanhado.

Caco voltou lívido à mesa. Os três remanescentes permaneciam em silêncio sepulcral. As batatas-inglesas intactas no pratinho.

– Os milicos disseram que o tal do Dutra é psicopata...

Silviola deu um salto e saiu porta afora sem dar até logo a ninguém.

Diante da dura realidade, o próprio autor da pantomima, pela primeira vez, demonstrou fraqueza – e não há nada pior do que um bandalho mostrar seu lado frágil. Pediu apoio:

– E se um de vocês fosse lá falar com o cara, dizer que não foi minha intenção?...

Ernesto e Caco tomaram um grande gole de Brahma, já quente, e foram. Voltaram com uma meia solução.

– O Dutra continua lá de prontidão, no poste. Depois de muito suor, falou que só não te detona agora se tu for no DOPS, amanhã bem cedo, pedir desculpas publicamente pra ele e pros amigos da repartição – conclamou o trio, escabreado.

Dito e feito. Manhãzinha seguinte, compenetrado, Rochinha baixou no DOPS. Foi direto e reto à mesa do Dutra. Em voz alta e bem definida, decretou o pedido oficial de escusas.

– Peço-lhe minhas sinceras desculpas, oficial Dutra, pela minha brincadeira de mau gosto.

– Tá desculpado, seu covarde de merda! – bradou orgulhoso o militar, para que todo mundo na seção ouvisse e guardasse.

Rochinha virou-se na direção da saída. Deu alguns poucos passos, mas decidiu parar e voltar, como se tivesse se esquecido de dizer algo.

Enfiou a mão debaixo de uma axila, fez um movimento com o ombro que provocou um som de flatulência e gritou mais alto ainda que o oficial:

– Pernacchiaaaaaa!

E saiu correndo.

Casamento plural

Virava e mexia, ela voltava com o mesmo discurso.

– Eu não acho que as coisas entre a gente estejam tão boas assim, Antero.

Era uma união de vinte e tantos anos. Natural que as coisas se afrouxassem. Apesar de que, nesse tempo todo, nunca houvera uma falta mais grave. Aquilo que a mulher reclamava era justo. Mas fazer o que a respeito?

Antero, que ao ouvir a queixa estava postando fotos no Facebook, interrompeu o procedimento e dirigiu-se à esposa:

– Antes me diga: existe alguma coisa, pelo menos uma, no nosso casamento de que você gostou MESMO?

Gisa não pestanejou:

– Existe. O nosso casamento.

Antero ficou confuso.

– Como?

Gisa fez um gesto de impaciência. Então explicou:

– O nosso casamento: a cerimônia, a festa. É a parte que eu me lembro com mais carinho de tudo. Só disso, também.

Antero deu "shut down" no computador e disse:

– É, foi demais. A recepção no bufê do teu primo, que banda aquela, hein?

– Nossa! Escolhemos juntos o repertório, lembra?

– Começou com Jovem Guarda, depois Beatles, discoteca e terminou com sambão.

– E o cardápio?

— Meu Deus do céu, sensacionais aquelas trouxinhas de salmão laminado, ai!

— Para, amor! Deu água na boca!

Depois de relembrarem cada detalhe, o marido virou-se para Gisa e propôs:

— E se a gente casasse de novo?

A esposa estremeceu. Ele argumentou:

— Se foi a melhor coisa do mundo pra você, por que não repetir?

E veio o casório. Como já estavam comprometidos no civil e no religioso, contrataram atores para fazer papéis de padre e juiz de paz. O restante foi bem semelhante às primeiras núpcias. Só mudaram os padrinhos para dar um tom novo ao evento.

Essa segunda boda foi ainda mais antológica. Como já haviam passado por aquilo uma vez, conseguiram aproveitar melhor. A música ficou mais afiada, os comes e bebes pareciam mais deliciosos, a bebida, inebriante.

A concórdia durou seis meses. Um dia, do nada, tiveram um pequeno entrevero. Antero aborreceu-se com um comentário mais ríspido de Gisa e passaram a dormir cada um numa cama.

O jeito foi casarem-se de novo. Dessa vez a opção foi uma festa na praia. Sempre tiveram o desejo de vivenciar algo assim. Os convidados com roupas casuais, de sandálias, o mar brindando a re-união.

Novamente, um sucesso e uma alegria que se estendeu por mais de ano.

Até que Antero deitou os olhos em cima de uma colega de trabalho e Gisa acabou sabendo por terceiros.

Para atenuar o golpe, partiram para mais um casamento, agora no estrangeiro. O local da cerimônia foi um hotel em Miami. Festa *petit comité*: pais, padrinhos e uma recepção nos jardins com champanhe.

Mal voltaram de viagem e já começou a discussão. Gisa não perdoava o interesse de Antero pela sirigaita do escritório.

– O que mais podemos fazer? – perguntou o marido, com ar cansado.

Gisa prontamente respondeu:

– Agora só mesmo um casamento grego. Já viu a cerimônia? Lindíssima!

Machado de Assis - simplificado e atualizado

De: Comunição Integrada
Para: Editores de Machado de Assis

Conforme solicitado à nossa agência, estamos lhes enviando ideias de ações para simplificar, atualizar e dar maior acesso à população ao pensamento de nosso maior escritor, Machado de Assis. Seguem abaixo as nossas sugestões:

- **Machado de Assis Campus Party:** reuniríamos todos os *nerds* do Brasil num acampamento para que eles trouxessem *insights* ao rejuvenescimento da marca "Machado de Assis". Google e outras redes sociais de peso seriam convidados a patrocinar as *startups* com ideias mais criativas em torno do universo machadiano.

- **Machado's Tweet Day:** num evento mundial, o *tweet* que melhor resumir, em 140 linhas, *Memórias Póstumas de Brás Cubas,* ganha o livro *Diário de um Mago*. O segundo e terceiro lugares recebem a obra completa de Paulo Coelho.

- **The Quincas Borba Stravaganza Club Band:** uma trupe de DJs e músicos escolhidos teria o papel de dar um *update* no trabalho do "Bruxo do Cosme Velho" através da música eletrônica em baladas e *raves*. Os poemas do escritor seriam transformados em letras sintéticas e arranjadas com a ajuda de *samplers*.

- **Festival de Música Punk "Aqui é Machado, porra!":** a reunião das tradicionais bandas de punk rock, Olho Seco, Inocentes e Cólera, traria um viés *hard sell* e contemporâneo ao mundo de Machado. Esses grupos, num festival, cantando canções do tipo "Dom Casmurro, velho batuta" ou "Capitu, vai tomar na tarraqueta" turbinariam o consumo dos textos do autor fluminense por jovens urbanos desencantados com o Sistema.

- **Mostra Machadiana de Travestismo no Cinema:** depois de selecionarmos os melhores roteiros, produziríamos curtas revelando como personagens marcantes de Machado de Assis se comportariam se fossem travestis. Cremos que a exibição nesta Mostra, por exemplo, de uma película retratando um Bentinho transformista, após a separação de Capitu, traria grande atualidade e impacto à causa da massificação de Machado.
- **Feira de Stand-Up:** com o fim de atrair público jovem, renomados humoristas seriam desafiados a criar material para comédia em pé sobre histórias de Machado de Assis. Exemplo de *mood* de um *stand-up*, tomando por base o conto "Missa do Galo": "Cara, não peguei ninguém na bosta daquela noite de Natal...".
- **Campeonato Machado de Assis de UFC:** torneio em que lutadores de MMA participariam fantasiados de célebres criações do escritor. Imaginamos que confrontos no octógono entre Brás Cubas e Rubião ou o Conselheiro Aires surrando o Desembargador Campos trariam um forte boca a boca e poderiam ser rapidamente viralizados nas redes sociais.
- **Importante:** gostaríamos de sugerir a alteração do nome Machado de Assis nas ações propostas. Para nosso departamento de planejamento, ele soa antiquado. "Machado", ainda segundo nossos *planners*, teria também uma conotação antiecológica.

Os nomes mais votados foram: Joaquim Maria (ganharia pontos na comunidade homo), Big Machado, Machado de Milão (menos franciscano que Assis e mais chique) ou Assizão.

Lavagem (de roupa) cerebral

Depois de perceber que eu sofria havia várias horas tentando escrever um texto, meu cérebro resolveu ajudar.

– E aí, não saiu nenhuma ideia pra crônica desta semana?

Ele parecia estar interessado em me ver publicando algo singular.

– Tentou se aquecer lendo algum autor que curte?

– Li um capítulo inteiro do Evelyn Waugh e nada – respondi.

– Waugh é muito londrino. Deixa de ser metido, você mora em São Paulo, não no Green Park de Londres. Que tal ler a Lya Luft?

– Lya Luft? Peraí, você é um cérebro ou um vendedor da Siciliano? Tenha paciência! – me exasperei.

– Tudo bem. E uma musiquinha? Não era você que ouvia Modern Jazz Quartet pra escrever? – indagou ele, mudando de assunto.

Eu já tinha fuçado meio Spotify e não achava nada que me colocasse em estado inspiracional. Só conseguia ter ideias pífias.

– Conte um pouco o que você já percorreu – pediu meu cérebro.

Dei uma noção pra ele das minhas tentativas até o momento.

– Bom, comecei com uma daquelas histórias na primeira pessoa em que me ferro. Sempre funcionam, as pessoas se identificam com o narrador se dando mal.

– Lê uma parte dela pra mim?... – solicitou ele.

– Ah, não ficou legal. O tom estava bacana, mas a história, em si, não tinha a menor graça.

Ele fez uma pausa pra elaborar melhor e perguntou se eu tinha imaginado outros caminhos.

– Tentei também uma crônica surreal. Uma levada meio Saramago, aquela coisa de todo mundo ficar cego, sabe? Só que na minha narrativa um país inteiro – mulheres, homens, crianças – pegava a mesma doença.

– Parece bom esse tema, hein? – disse ele, se interessando.

– No começo também achei, mas depois vi que isso já está acontecendo. É a dengue.

– Humm, é mesmo! Mas então por que não tenta alguma piada política?

– Sei não, sátira política hoje em dia até o Cartoon Network faz. E melhor que muito cartunista da grande imprensa.

Ele começou a se impacientar.

– Sei lá. Talvez uma daquelas listas que você posta no seu blog. Tipo "25 coisas que você nunca deve fazer com seu pênis". É estúpido, mas é curtinho, você se livra logo dessa agonia.

Foi minha vez de perder a paciência com aquele amontoado caótico de neurônios.

– Estúpido pra você, que recomenda leitura de Lya Luft como inspiração. Saiba que fazer uma lista de humor original pode ser mais difícil do que escrever um conto.

– Conto? O que você sabe de contos? Pelo que vejo, você se esfola todo para escrever 500 palavrinhas, imagine um conto.

Só não perdi a cabeça porque meus miolos estavam nela. Disse:

– Eu te agradeceria se não colaborasse pra que eu travasse mais do que já travei. Você é meu cérebro ou meu orientador de pós-graduação?

Ele também não estava num bom dia, talvez com enxaqueca. Replicou com desdém:

– Você manda. Quer que eu seja o quê, hoje? Seu Ego, seu Id, seu Superego?

– Não seja irônico – interrompi. – Você sabe que é VOCÊ quem manda aqui. Inclusive, se não está saindo crônica nenhuma é porque o "senhor cérebro" não quer fazer.

– Quer saber de uma coisa? – falou ele em tom definitivo. – Liga o foda-se. Tecla aí qualquer coisa, ninguém lê mesmo o que você escreve…

A decisão de Osório

Quando Rachel e Gustavo chegaram da faculdade, a mãe pediu que fossem para a sala de estar. Ali já estava Osório, o pai. Ela então, meio ansiosa, declarou:

– Papai tomou uma decisão importante e quer dividir com vocês.

Rachel olhou para o irmão, entre surpresa e atônita.

Osório deu uma tossidinha, acertou o tom de voz e disse:

– Vou ser cabeleireiro.

Os filhos tinham imaginado uma série de possibilidades. Osório dizendo que teriam de vender a casa, a mobília e o cachorro para pagar uma dívida de jogo – apesar de que não jogava nem paciência.

Ou que estava com uma doença tão rara que a Nasa solicitara a evacuação do domicílio em 24 horas.

Mas ele trabalhando "naquela" profissão era impensável.

– Como assim, cabeleireiro? O senhor é contador, pai. Aliás, é contador muito antes da gente ter nascido! – disse Gustavo, com voz alterada.

Rachel baixou o rosto e ficou mirando os joelhos, sem nada dizer, como sempre fazia diante de situações embaraçosas.

Baixou um silêncio com volume e peso na sala. Osório quebrou-o dizendo:

– É verdade, filho. Mas ninguém é obrigado a ficar na mesma profissão a vida inteira. Trabalhei 45 anos em contabilidade. Tenho o direito, ainda mais agora que fechei o escritório, de fazer uma coisa que sempre sonhei na vida.

Noca, a mãe, resolveu colocar o seu ponto de vista.

– Saibam que eu apoiei o pai de vocês nesta decisão, viu?

Rachel subitamente levantou o rosto na direção dos dois, Gustavo aprumou-se na cadeira.

– Que mal há nele querer mudar de atividade? – defendeu Noca.

– Mamãe, o pai vai fazer 68 anos daqui a três meses – pontuou a filha. – E ele quer ser ca-be-lei-rei-ro. Alô!

Gustavo continuou:

– É, meu, nada a ver! Não consigo ver o velho cortando os cachos de marmanjos numa barbearia.

Osório interrompeu o filho:

– Vou ser cabeleireiro de mulher, Gustavo. Sou aposentado, usei meu tempo para fazer um curso de *coiffeur* feminino e aprendi tudo: inclusive a aplicar *balayage*.

Noca pegou um álbum de fotos no armário e mostrou aos filhos:

– São os cortes que o seu pai criou no curso. Ele passou em primeiro lugar e já tem três propostas de trabalho. Uma delas é no salão mais chique da cidade: o Glamourezza.

Rachel começou a chorar baixinho. Gustavo seguiu argumentando:

– O que tem a ver cortar cabelo de madame com o que o senhor fez a vida inteira? Imposto de renda, balancete? Se ainda fosse maquiador...

Osório irritou-se:

– Olha o respeito com seu pai, Gustavo Henrique! Nunca maquiei número de empresa nenhuma!

Gustavo explicou-se:

– Sei lá, cara, só esperava que o senhor escolhesse uma coisa diferente pra fazer na aposentadoria, saca? Um lance que os pais dos meus amigos fariam. Tipo abrir um café...

Rachel emendou, enxugando as lágrimas:

– ... ter uma livraria, uma franquia de lavagem de roupa a seco.

A conversa parecia estar chegando ao fim.

– Era isso que vocês tinham pra dizer? – cortou secamente Gustavo. – A gente tem um compromisso aí...

Noca e Osório confirmaram que sim com um gesto melancólico de cabeça.

Os filhos então saíram da sala sem se despedir, pegaram suas coisas e foram a uma manifestação na Avenida Paulista contra o preconceito.

Annus horribilis

Infelizmente, este ano tem sido pródigo em perda de entes queridos. De janeiro até agora foram mais de cinco, entre parentes, amigos e colegas. Um "annus horribilis", como certa vez disse aquela rainha horrível, com cara de cu.

Curiosamente comigo, desde sempre, a comédia vive invadindo o drama sem a menor cerimônia. Quando um colega faleceu, recentemente, soube do triste fato em meio a uma reunião de trabalho. Estava cercado de clientes e fornecedores e mal podia respirar.

Consegui dar um jeito e me esgueirei até o corredor do prédio. Peguei meu *smartphone* e fiz uma busca rápida no Google. Queria encontrar alguma firma que entregasse coroas de flores em cemitérios.

Para minha surpresa, havia várias. Para variar, encontrei a mais insólita delas. O atendente parecia saído de um filme de Jerry Lewis.

– Flores Vivas, boa tarde, em que posso servi-lo?

– Boa tarde. Como faço pra mandar uma *corbeille* a um velório? Peço pelo site?

– Sim, dá para pedir pelo site. Mas então por que ligou?

– Ah, posso encomendar as flores por aqui mesmo?

– Pode, claro.

– Que tipo de *corbeilles* vocês teriam?

– Muitas.

– Poderia me sugerir alguma?

– Não quer ver as opções no site? Bem melhor.

Comecei a ficar tenso. Afinal, podia-se fazer o pedido por telefone ou *mezzo* telefone, *mezzo* site? E a reunião me esperando pra decidir coisas urgentes. Respirei fundo. Em nome da memória do falecido, contei até 100 e fui escolher a minha última homenagem a ele na página da Flores Vivas.

Decidi pelo arranjo número 4. Um conjunto de gérberas e margaridas com razoável direção de arte. Com isso em mãos, voltei a ligar.

– *Corbeille* número 4, por favor – solicitei ao rapaz.

– Digitou a mensagem que vai aparecer escrita no arranjo de flores? – ele indagou.

– Hummm, não notei que havia esse tipo de campo pra preencher...

– Ok, só um minuto.

– ...

– Mais um minuto.

– ...

– Temos uma mensagem-padrão: "Vai com Deus, fulano. Com amor, de sicrano". Insiro na coroa?

– Você está gozando com a minha cara, não? "Vai com Deus, fulano"? Que é isso?

– Desculpe. "Fulano", não, na faixa vai o nome do defunto do senhor.

– Amigo, o problema não é chamar o defunto de fulano. O problema é o "vai com Deus". É rude, me entende?

– Temos uma opção mais direta: "Tchau". Estaria melhor?

Eu começava a desacreditar daquilo tudo. Só podia ser algum tipo de trote.

– Não me zoe! – ralhei, perdendo a compostura.

– De jeito nenhum. Pode falar, então, a frase que quer e eu adiciono aqui na ficha.

Acalmei-me e informei a ele a mensagem.

Tudo parecia ir bem, quando ele disparou:

– *Corbeille* número 4 com gérberas e margaridas. Entrega imediata. Confere?

– Confere.

– Não prefere o combo 6? *Corbeille* com rosas azuis, magnólias e acácias? Levando esse o senhor não paga taxa de *delivery* e ainda ganha um bônus que pode usar nos próximos falecimentos. Vamos nesse? É lindo, viu?

A violência e as penas

Sempre acharam exagerada a profecia de Alfred Hitchcock em seu filme *Os Pássaros*. O cineasta defendia que esses seres alados poderiam, um dia, atacar humanos de modo inesperado e violento.

Mas o descrédito ao mestre do suspense durou até o dia do famoso episódio do "pombo da Sé".

Foi numa tarde comum de uma terça-feira ainda mais genérica. *Office boys* passavam alvoroçados pelas calçadas da área mais central de São Paulo, assim como contínuos, escriturários e tantos outros trabalhadores paulistanos.

De repente, um grito tenebroso ecoou pela Sé.

Segundo a polícia técnica informou mais tarde, um crime hediondo tivera lugar ali: um pombo acertara a aorta de uma idosa com seu bico, deixou-a sangrando como uma porca e fugiu voando com a carteira da senhora pendurada em suas patinhas.

Câmeras flagraram o momento em que o animal, de forma completamente errática, deu um sobrevoo sobre o banco da praça e atacou a pobre mulher.

O fato foi registrado na delegacia mais próxima. Contudo, estava apenas começando ali a onda de horror e violência aviária na cidade.

Dois dias depois do latrocínio da Sé, 49 pardais foram capturados quando tentavam linchar um homem no Brás. O cidadão, cujo nome não foi revelado, estava a caminho do Mercado Central – onde fornecia gaiolas e cercados para aprisionar perus e marrecos – quando sobreveio o ataque. Um juiz pediu a prisão preventiva dos pássaros, mas o advogado de uma ONG de defesa da fauna brasileira entrou com uma liminar e os animais responderão ao processo voando em liberdade.

Fato ainda mais inusitado teve lugar logo após essa tentativa de linchamento de um homem por pardais.

Um grupo de bem-te-vis de papo amarelo, mancomunado com sabiás-laranjeira, invadiu um supermercado de produtos para *pets*, rendeu os caixas e fechou as portas do estabelecimento.

Até o momento, dezenas de pessoas ainda estão dentro do estabelecimento. A polícia tenta uma negociação inédita usando um pombo-correio, uma cacatua e um papagaio treinados às pressas para mediar o conflito.

Segundo informações preliminares fornecidas pelo louro, os bem-te-vis e sabiás estariam pedindo pela libertação dos reféns 80 sacas de alpiste, 40 de quirera e a garantia de que não serão estilingados ao deixarem o prédio.

Psicólogos e veterinários especializados em comportamento de aves ainda não sabem precisar o fenômeno. Alguns arriscam o palpite de que o surto de violência poderia estar ligado a um vírus semelhante ao da gripe aviária. Outros creem que sejam traumas adquiridos ainda na chocadeira pelos pássaros.

Polêmicas à parte, o que ocorre é que a onda de crimes envolvendo aves segue crescendo a ponto de deixar o filme de Hitchcock pinto perto do que se vê nas ruas.

O maior temor das autoridades, entretanto, é que os atos criminosos cheguem às galinhas. Isso porque, além de serem milhões e milhões, elas trazem em si um ódio represado por milênios de escravidão e execuções diárias.

Se esse fato ocorrer, todos concordam que, para a sociedade e a democracia, será uma pena.

O sucesso do sertanejo pós-graduação

Ele era um produtor musical experiente. Mas, mesmo com todo o seu conhecimento, a ideia que tivera, de cara, parecia um pouco fora dos padrões. Ficou digerindo-a por um tempão. Até que começou a sentir que ela fazia sentido. Mais: que podia bombar.

O sucesso do sertanejo universitário, sem dúvida, era um ponto de partida para a sua aposta. Ele sentia que existia um segmento de público que, por menor que fosse, entenderia o significado do novo formato de música do campo que ele iria propor.

Foi então que, antes de convocar uma dupla, começou a esboçar possíveis canções para o novo movimento musical: o sertanejo pós-graduação.

Um dia, no estúdio de gravação, pegou uma folha de papel e escreveu a livre adaptação de uma conhecida canção. Ficou assim:

Toda vez que eu viajava pela estrada de Ouro Fino
De longe eu avistava a figura de um filósofo
Que corria abrir um livro e depois vinha me pedindo
"Leia pra mim, seu moço, que é pra eu ficar ouvindo"

Quando a boiada passava e a poeira ia baixando
Eu jogava uma moeda e ele saía sofismando:
"Obrigado, boiadeiro, que Platão vá lhe acompanhando"
Pra aquele sertão afora meu berrante ia tocando

Na minha viagem de volta qualquer coisa eu cismei
Vendo a porteira fechada, o filósofo não avistei
Apeei do meu cavalo e no ranchinho à beira chão
Vi a dona Simone chorando, quis saber qual a razão
"Boiadeiro veio tarde, veja a cruz no estradão
Quem matou meu Jean-Paul Sartre foi um boi sem coração"

Quando passo na porteira até vejo a sua figura
O seu rangido tão triste mais parece uma loucura
Vejo seu rosto sagaz desejando-me boa leitura

A cruzinha no estradão do pensamento não sai
Eu já fiz um juramento que não esqueço jamais
Nem que o meu gado estoure, qualquer coisa assuceder
Neste pedaço de chão vai ter Casa do Saber

O que era para ser apenas uma letra que servisse de modelo ao sertanejo pós-graduação tornou-se imediatamente um *hit*.

Ele havia pedido a uma dupla, ainda sem nome, que gravasse uma demo de "Filósofo da Porteira". Mas a música acabou vazando no YouTube e tiveram de oficializar tudo às pressas. Já no primeiro dia, os views bateram a casa do milhão.

Logo veio a primeira dupla do movimento: "Materialista e Metafísico".

Foi logo seguida por muitas outras, na mesma linha, como "Marx e Nietzsche", "Hanna e Heidegger", "Trio Existencialista" e "Gurizada Dialética".

O sertanejo pós-graduação estava virando uma realidade.

O show no saguão da Faculdade de Filosofia, Letras e Ciências Humanas da USP representou para o gênero o que o espetáculo do Carnegie Hall foi para a Bossa Nova. Acorreram ao megaevento desde bandas famosíssimas de country norte-americano até seguidores da Escola de Frankfurt.

O ponto alto da noite foi a homenagem a Jürgen Habermas. A orquestra de 117 berrantes e o coral de caubóis de Barretos entoaram trechos escolhidos de sua obra *Pensamento pós-metafísico,* emocionando a plateia de lavradores, criadores de gado Nelore e pós-doutorandos em Matemática Pura da Escola de Estudos Filosóficos Avançados de Brandenburgo.

No final, houve disputa de touro mecânico entre pensadores pós-modernos e construcionistas.

Por tudo isso, pode-se dizer que o sertanejo pós-graduação prepara-se para conquistar o país com suas letras que misturam questões éticas, morais e existenciais ao melhor do capim-gordura e da bosta de vaca.

Codinome Creuza

Toledo gostava de se gabar de que tinha sido torturado no regime militar. Hoje deve ter pouco mais de 50 anos. No período Geisel, em que ainda aconteciam torturas, contava com não mais de 18 anos. Só que ninguém se lembra nem que Médici sucedeu Costa e Silva, quanto mais que o Toledo era um garotão nos anos de chumbo.

Como é boa-pinta e se separou recentemente, Toledo é o centro da atenção da mulherada em festas na casa dos novos amigos.

– Esse cara foi um herói na ditadura – apregoam eles. – Conta aquela em que te levaram pra cadeira do dragão...

Ele conta, elas suspiram.

– Eu fazia Ciências Sociais. A gente estava promovendo agitação política no campus. Do nada, chegaram os "hómi" numa Veraneio. Foi a primeira vez que usaram granadas pra reprimir. Nunca vou esquecer meus companheiros voando despedaçados no meio da fumaça.

– E você? Conta logo... – implora uma loura espetacular, excitada com o suspense.

Toledo faz uma cara triste.

– Eu e uma militante fomos os únicos sobreviventes. O pessoal da Veraneio era da Oban. Só me lembro do doutor Tibiriçá me dando choques e da cara apavorada da militante: era a Dilma.

A morena de duzentos talheres indaga, roendo as unhas:

– Toledo, você foi torturado pelo coronel Ustra junto com a presidente Dilma? Gente, não creio!

– Pois é. E ainda consegui salvar a Estela – era esse o codinome da Rousseff.

Mais suspiros. Toledo prefere a loura e, momentos depois, lança a clássica pergunta, baixinho, na orelha dela:

– No seu aparelho ou no meu?

Os amigos veem o herói saindo com a mais linda da noite, todas as noites, e orgulham-se de receber aquele ícone em suas casas.

Ninguém sabe, entretanto, que nem faculdade o Toledo tinha feito. Fizera, mal e mal, um curso técnico em Ciências Atuariais. E o ponto alto de seu currículo foi ter assistido a uma palestra de Roberto Campos na Escola Superior de Guerra. Nada de militância, necas de tortura.

Uma vez inventou num barzinho que tinha participado da subversão. Colou e logo passou a usar aquilo com o intuito de encantar o mulherio.

Mas mentira tem as pernas mais curtas que as do Marechal Castello Branco.

Certa noite, num jantar, pediram que Toledo discorresse sobre sua prisão num quartel em Quitaúna. Como sempre, ele narrou as pancadas com lista telefônica nos tímpanos, os chutes nas costelas e as noites geladas numa cela infecta.

Quando terminou, o anfitrião veio com esta: "Pode parecer estranho, Toledo, mas meu pai foi coronel no quartel de Quitaúna. Ele está aqui em casa e queria te conhecer".

Houve um estremecimento geral. Mas, com a desenvoltura de sempre, Toledo aceitou apertar a mão do militar "em nome da paz". Momentos depois, chegava numa cadeira de rodas, cego e encarquilhado, o general Borba.

O filho falou:

– Papai, esse é um militante que ficou preso no seu período de interventor em Quitaúna.

O general, de olhos baços, passou a mão pelo rosto de Toledo por um bom tempo. Uma forte emoção calou a todos.

Então, o general Borba concluiu:

– Ah, já descobri! É um comuna frouxo que tinha lá no quartel, apelidaram ele de Creuza. Tinha tanto medo de apanhar que virou a "moça" do Regimento. Ô Creuza, tá boa, minha nega?

Antes queria te falar uma coisa

– E então, já sabe que prato vai pedir?
 – Eu vou dar uma olhada no cardápio, mas antes queria te falar uma coisa. A gente se conhece faz pouco tempo, talvez fosse legal ir te dando uns toques de como estão algumas coisitas na minha vida. Hoje, por exemplo, me deu uma falta de ar inexplicável. Estou separada do Ari faz seis meses, desde então tem sido uma bênção pra mim a liberdade. Foi isso o que permitiu ter te achado naquela baladinha e a gente poder vir celebrar a vida aqui. Só que hoje me bateu uma sensação estranha, um peso no peito, aquela falta de ar chata. Achei até que estivesse começando a ficar deprimida. Só não tive 100% de certeza porque acordei legal, não tive dificuldade de botar a roupa e tocar a minha vida. E, claro, estou tomando a fluoxetina certinho. Daí me veio a impressão de que pudesse ser o luto. Ou a falta dele. Há tão pouco tempo separada, é provável que esse não seja o melhor momento de haver uma troca com você. Não me refiro à troca física. Desde cedo aprendi a separar sexo de amor. Mas acho que o apagão que me deu hoje pode ter sido uma pressa em me encantar por alguém. Por outro lado, também pode ser que isso tudo não tenha nada a ver com o Ari. Aliás, entre ele e você – preciso te dar essa satisfação – teve o lance com o Fabinho e o Ramiro. Nós três sabíamos que aquilo não teria futuro. A sociedade meio que ainda castra formas de afetividade que não sigam o modelo familiar, de casal. E os triângulos, todo mundo sabe desde que Carmem é Carmem, supergeram desconfortos emocionais. Foi então que pedi um *help* pra Flavinha, ela sempre teve esse papel de "gurua" pra mim. Acabou que o Ramiro se encantou por ela, a Flavinha, de feia, também não tem nada. Ficamos os quatro fazendo

uma espécie de rodízio. E você surgiu justamente quando o Fabinho saiu fora, foi promovido a sócio do escritório, pirou e tudo o mais. Por isso achei que talvez fosse bacana tocar no assunto com você. Inclusive porque estamos saindo há mais de três meses e a triangulação do Ramiro, minha e da Flavinha continua ativa. Não com a intensidade diária que rolava antes, mas todas as segundas, quarta e sextas – quando não estou com você, é claro. Também acho bacana falar que não curto esportes. Eu sei, você ama, é um superatleta maravilhoso. Mas o lance da gente dar aquela pedalada toda madrugadinha na ciclofaixa está me destruindo. Na verdade, sou uma sedentária de marca maior. Pior: eu fumo. Um maço e meio por dia, fora as tragadas que dou no dos outros. E sou presidenta de honra do Clube do Charuto da Vila Mariana. Era só isso que queria te falar. Vou querer o *entrecôte*, do ponto pra mal, puxado no molho de toucinho e fritas. Falei que era vegana, mas foi só pra te agradar. Agora, um suquinho de tangerina eu tomo, bem gelado e com bastante açúcar. Ah, se importa se antes de chegar a comida eu der umas baforadas num Montecristo na calçada?

A poesia é necessária

O quarto de hotel era muito simples. Ficava bem na fronteira de São Paulo com o Mato Grosso do Sul. Da janela dava para ver a imensidão do Rio Paraná, um parquinho infantil abandonado e um estacionamento de barcos de pesca.

A intenção dele era pousar ali por uns dias, depois se embrenhar em Aparecida do Taboado e, por fim, sair do país. Agora que estava mais seguro, também podia ligar para a namorada, antes de lançar o celular nas águas da Bacia do Prata e ganhar o mundo.

O sinal estava ruim, só depois de três tentativas conseguiu ouvir a voz de Suzete.

– Otoniel? Eu não estou acreditando no que você fez! Dez dias sem dar notícias, a gente até...

– Desculpa, Su, preciso ser breve. Eu estou legal, mas não vou voltar praí.

– E ainda diz isso com a cara mais lavada do mundo? Você não tem noção do que eu, teus pais, teus amigos, nós...

– Olha, eu vou dizer o que aconteceu. Só não me questione. Quer ouvir ou não quer?

– Sim, eu quero – disse Suzete, engolindo o choro.

– Então, sabe aquele meu blog de poesia?

– Claro que sei, Otoniel, eu era a única pessoa que tinha acesso a ele. Você me deu a senha pra eu ler e comentar seus textos.

– Pois é. E lembra que falei que talvez um dia eu publicasse aquelas poesias do blog num livro?

– Lembro, nem faz um mês isso...

— Pois é, Su, acho que essa informação vazou e comecei a ser procurado por editores. Editores de grandes companhias, as melhores do Brasil.

— Espera aí, mas o que eles queriam com você?

— É muito maluco, mas todos queriam editar o meu livro de poesias, e o mais rápido possível.

— Nossa!

— Também fiquei assustado. E, por essa razão, comecei a dizer um monte de nãos pra eles. Só que a pressão não parava. Começaram mandando e-mails, depois ligavam e, quando viram que eu não ia topar, pegaram pesado: deram dinheiro a colegas meus da faculdade pra me convencerem a ceder os originais para edição.

— Caramba, Otoniel, que absurdo!

— Vai vendo. Um desses editores me ligou de madrugada, nem sei como descolou meu celular. Disse que eu seria autor deles de qualquer jeito, não adiantava adiar. Que era melhor eu assinar logo o contrato, que a editora faria livro capa dura, e-book, noite de autógrafos, assessoria de imprensa etc.

— E você não procurou a polícia, Otoniel? Como é que um editor pode obrigar um poeta inédito como você a publicar um livro? É um abuso!

— Polícia, amor? Você sabe melhor que eu o quanto a polícia...

Nesse momento, Otoniel olhou pela janela e viu uma van parada no estacionamento do hotelzinho. A placa era de São Paulo. Dois homens conversavam com o porteiro, mas não tinham nada de especial. Só que, quando um deles foi até o carro, deu para notar uma pilha de livros sobre os bancos. Todos novos e encapados. Não havia dúvida: os dois eram editores disfarçados.

— Su, eles me acharam. Não sei do que são capazes pra editar os meus poemas. Preciso desligar. Te amo!

— Otoniel! Otoniel, nãooooooooo!

O closet de Maria

Quem vê assim o *closet* de Maria e compara com o que ela tinha há uns cinco, seis anos, percebe logo a diferença. As roupas de agora são, em sua esmagadora maioria, totalmente *fashion*. Só que todas no estilo "menininha".

O oposto do que ela usava em sua fase mais senhora, o período dos 60 anos de idade. Foi bem quando a tia de criação morreu e deixou a mega-herança, as fazendas de gado, a fábrica de envase de leite, o banco de investimentos.

Esse foi o ano de virada de Maria. Mudou do queijo coalho pro canastra.

Começou a malhar, a fazer dietas e principalmente a entrar na faca pra rejuvenescer. Chegou um momento em que perdeu-se a conta de quantas vezes fez cirurgia plástica. Foi papada, nariz, olheira, *face lift*, bumbum, adiposidade nos braços. De tudo um pouco.

O resultado foi a mulher que é dona desse *closet* agora. Uma pessoa do sexo feminino, com quase 70 anos e dezenas de jeans justinhos de marca, montes de camisetinhas coladas, microssaias e botinhas customizadas.

Inegável que o trabalho estético foi de primeira. Parece que a Maria tem 30 anos, não mais que isso.

Não demorou para o casamento com o doutor Afonso, que se manteve o mesmo senhor nascido em 1949, degringolar. Ele até tentou acompanhar a nova esposa. Nos eventos sociais diários, entrevistas na TV em programas sobre personalidades, nas palestras dela acerca do livro que lançara sobre vida e beleza.

Só que houve um momento em que o material apresentou falhas estruturais e o doutor Afonso colapsou. Nem a caixa preta acharam.

Uma vez em liberdade conjugal, o *closet* de Maria começou a ser abastecido com as peças que se veem penduradas meticulosamente hoje. Elas são a prova da passagem da sua vida adulta à adolescência.

Ela precisava urgentemente combinar com o estilo de vestimenta de João, o novo namorado: um *rapper*, *skatista* e dono de loja de pranchas em Los Angeles, Miami e Honolulu. Encontraram-se num camarote da vida e foi amor à primeira cama, apesar dos 40 anos de diferença que os separa.

Atualmente, Maria vai seis vezes por ano ao Havaí. Viaja acompanhada de um médico ortopedista, dois fisioterapeutas, um acupunturista e um maqueiro. Tudo para poder surfar ao lado de João.

No ano passado aproveitou uma cirurgia plástica para colocação de olhos azuis em substituição aos castanhos-
-escuros e implantou um GPS nos glúteos. É estranho, mas João se preocupa muito com ela nas correntezas de Waimea e implorou que colocasse o artefato.

Depois disso, surgiu uma seção completa de trajes especiais para surfe no *closet* de Maria. Está rivalizando em quantidade com o setor de roupas de festa. Mas ainda perde para a parte que ela reservou para os trajes do bebê.

O casal, superantenado, descobriu um médico na Suíça especializado em reprodução assistida para septuagenárias. Ainda não sabem o nome se for menino. Mas se for uma princesa, Maria já disse que, com toda a certeza, se chamará Cher.

MC Sommelier

O universo do vinho está em franca expansão. No Brasil não é diferente. Com o aumento do poder aquisitivo das classes populares, todos hoje podem provar novos sabores de diferentes safras.

Mas não são apenas as opções de novos rótulos que chamam atenção. Os críticos e conhecedores da matéria também são uma multidão. Um dos mais originais aparecidos nos últimos tempos é o polêmico MC Sommelier. Suas opiniões singulares sobre enogastronomia aparecem regularmente no "Portal do Rap".

MC Sommelier hoje vive de cursos e palestras pelo Brasil e exterior. É também professor de Enologia do programa de educação continuada do presídio de Tremembé, em São Paulo.

Eis algumas de suas respostas às dúvidas dos leitores.

Leitor: Para uma massa com molho cremoso à base de queijo, o que fica melhor, um tinto delicado, como o Pinot Noir, ou um branco Chardonnay?

MC Sommelier: Mano, aê é treta. Dá brecha pra cama de gato, véio. Além do mais, vai ser o maior trampo cozinhá esse grude, bródi. A não ser que o mano esteja no perreio pra pegá uma mina mil grau e quisé fazê uma presença. Se for pra bater uma xepa na goma, esquece lance de Pinot Noir, Chardonnay, essas parada.

Eu sempre bato essa pro meu povo: uva é que nem bolacha, em todo lugar se acha. É tudo irmã, véio, só muda a rotulage. Se tiver a fim de beber água vermelha, pega uma groselha Milani e passa pra dentro da serpentina, tá ligado? Muito mais firmeza. Um salve aê pros teus bródi.

Leitor: Que vinho você recomendaria para tomar com truta?
MC Sommelier: Com truta? Chapô o coco, mano? Com truta a gente molha as palavra com qualquer barato, firmeza? Não tem essa de ser água vermelha das França, das Argentina, dos Chile. Com truta nóis bebe até Corote. Issaê. Mas se ocê quer fazer uma parada à pampa, belê, dá um aperitivo pros chegado. Pega a Bic aê que eu vou te dar a letra. Aê, ó:

O BARATO É LOKO
¼ de vinho Sangue de Boi
¼ de Xiboquinha
¼ de licor de ovos
¼ de churupitos calibre 38
2 limões-galegos

Mano, tu joga os bagulho num copo de breja e bota a boca de outro por cima. Corta os galego com uma lampiana afiada e completa o veneno. Fecha bem fechado, tá ligado? Aê sacode a bagaça. Fica esperto pras bala não batê muito forte no copo, senão é papoco na certa. Dá pra dois birinight. Cês bebe de uma golada só. É nóis, queirós.

Leitor: Gostaria de saber qual vinho combina com bacalhau.
MC Sommelier: Muleke, quando cê tá com bacalhau garantido, a coisa tem que ser dois "p". Não fica embaçando com vinho não, lóqui. Nem vai dar milho. Faz a correria com a

mina e pá. Vinho numa hora dessa é vacilo. Bacalhau, os mano come a seco. Quem pede rega é grama de bacano. Abraça!

Leitor: O que é vinho químico?

MC Sommelier: Aê, malaco. Tá achando que eu sou mané, é? Não sei o que é isso aê não, meu. E só faço a rima agora se chamarem meu adevo, o dotô Praxedes. Salve!

Racismo do cão

Até então não se sabia que aquilo acontecia entre os cachorros. Mas, um certo dia, um grupo de cães de caça trocava ideia num *pet shop*, um *poodle* ouviu o papo e contou a um fox paulistinha. Foi mais ou menos assim:

– Estamos entre iguais aqui, por isso posso falar à vontade: se tem um cachorro que eu abomino é o vira-lata – disse um dos cães de caça.

Houve um consentimento geral entre os outros. O maior de todos deu um latido concordando:

– Vira-latas são como ratos. Estão em todos os cantos minando o bom nome canino. Não me dirijo a eles. Quando vejo um, com aquele focinho de ratazana, se não estiver de coleira, mudo de calçada.

Um outro acrescentou:

– E o jeito que eles mijam? Com as suas perninhas tortas. E depois ficam raspando o chão com aquelas unhas nojentas, agh!

Uma cadela de caça, vestindo uma jaqueta verde-selva, deu seu ponto de vista:

– Pior: eles comem ração como nós comemos. Se a gente bobear, com essa escassez toda, uma hora não sobra nem passarinha de boi pra gente!

O ódio em relação aos vira-latas estava longe de ser isolado. Ele tomava conta de vários pontos do país, e não era apenas antiviralatismo, mas também um virulento antitoyismo.

Para os cães de caça, que se julgavam uma raça superior, os cães *toy*, de miniatura, eram anões degenerados e precisavam ser definitivamente eliminados. Os vira-latas deveriam ser marginalizados da sociedade: puxar trenós no gelo na Patagônia, trabalhar como cães farejadores em minas de carvão ou ser cães de tribos indígenas no Alto Xingu.

Não demorou para manifestações violentas começarem a ocorrer. Nos parques, os cães de caça faziam barreiras que impediam vira-latas de entrar.

Centenas de *poodle toys, yorkshire micro* e *pinschers* também foram atacados ao tentar urinar em muros de casas onde viviam os que se supunham de raça superior.

O Kennel Club procurava manter neutralidade nos episódios, apesar de a imprensa especializada em *pets* começar a pressionar fortemente por uma posição mais clara. A discórdia canina já preocupava até o governo central. Isso porque as brigas entre os cães aumentava a lotação das carrocinhas, o que onerava o Erário Público.

A situação ganhou contornos críticos quando, numa apresentação de circo, um sabujo atacou um chihuahua equilibrista e o público, revoltado, tocou fogo na lona.

Era preciso reagir urgentemente. Representantes do Ministério da Saúde reuniram-se com técnicos em Direitos dos Animais da ONU e propuseram uma resposta imediata à crise. A ideia foi polêmica e muitos dos delegados presentes foram contrários, já que a implementação poderia trazer até mesmo desequilíbrio ambiental.

Entretanto, para o bem ou para o mal, acabaram aprovando-a: numa madrugada, milhões de gatos foram soltos nas ruas das principais capitais.

Em menos de uma semana não havia mais racismo. Pelo menos não entre os cães.

Instamor

A foto dos pés sujos do mendigo, em *close*, foi bem elogiada no curso de ensaio fotográfico. Keyla apreciou especialmente as observações daquele colega mais velho cujo nome ela mal sabia, mas que depois veio a descobrir que era Custódio.

Ela tinha decidido fazer aquele curso pelo número cada vez maior de curtidas que suas fotos recebiam no Instagram – @keylafotografa. O colega, mais tarde, lhe dissera que suas razões para fotografar eram bem diferentes das dela. Nem tinha conta no Instagram e preferia usar filme e fotômetro manual.

De todo modo, Custódio viu no material de Keyla algo que classificou com um termo que ela teve de ir ao Google pra entender o que era: "naïf".

Ao ler a tradução da palavra, Keyla ficou desapontada. Não era assim tão ingênua, já tinha até feito um curso de iluminação em estúdio. No entanto, a maneira como Custódio pronunciara "naïf" lhe parecera uma declaração bastante carinhosa.

Passaram a trocar imagens via WhatsApp. Keyla mandava um monte num mesmo dia. Custódio demorava para retribuir, precisava digitalizar os negativos num *scanner*.

Do compartilhamento de imagens passaram a compartilhar idas ao centro da cidade para registros em dupla. Keyla postava quase que imediatamente nas redes sociais, Custódio voltava com os rolos de filme e ia editando o material para uma futura exposição.

Meses mais tarde, promoveram a primeira viagem juntos com objetivos fotográficos: Patagônia. Keyla criara seu próprio site e especializara-se em retratos, Custódio estava na fase de só tirar fotos de estrelas e cometas.

Com as escolhas definidas, o casal ganhou mundo. Foram ao México registrar a Festa dos Mortos, aos países nórdicos clicar a aurora boreal, até a Índia caçar *portraits* de gurus, hindus e muçulmanos.

O resultado das viagens e de algumas exposições individuais no Brasil levou-os a ganhar uma bolsa em uma prestigiada escola de imagens britânica. Dividiram um pequeno apartamento em Finsbury Park. E o tempo no distrito londrino rendeu muitas fotografias sobre o time do Arsenal, a primeira série que realizaram a quatro mãos.

Os amigos que fizeram com eles aquele curso de ensaio fotográfico de anos atrás indagavam-se sobre como seria a vida dos ex-colegas Keyla e Custódio. Viajavam juntos, estudavam juntos, faziam exposições juntos, moravam juntos... A curiosidade era enorme. Especialmente entre as mulheres.

Certo dia, uma colega do curso tomou coragem e ligou para Keyla. Depois de perguntar sobre as viagens, os workshops, as exposições, sapecou:

– E cama, Keyla, nada?

Ao que ela respondeu, decidida:

– Ah, cama vai rolar logo!

– Nossa, finalmente! – vibrou a outra.

– É, o Custódio e eu tivemos uma ideia pra um ensaio. Casais nus em suas camas. Imagine, pôsteres enormes deles. Vai ficar um arraso, menina!

facebook.com/MatrixEditora